# Grand Galop

# LE RETOUR DE DIABLO

D'APRÈS LA SÉRIE CRÉÉE PAR
**BONNIE BRYANT**

ADAPTATION DE LA SÉRIE TÉLÉVISÉE
ANNA GIROUX

DEUXIÈME ÉDITION
bayard jeunesse

D'après la série télévisée originale « The Saddle Club »
et les épisodes *Lisa's choice,* part 1, écrit par Sam Carroll
et *Lisa's choice,* part 2, écrit par Kris Mrksa
Copyright © 2012 Crawford Productions Pty. Ltd
& Protocol Entertainment Inc.
All rights (by all media) reserved
© 2012, Bayard Éditions pour la novélisation
avec l'autorisation de l'agence Marathon Media

ISBN : 978-2-7470-3581-1
Dépôt légal : mai 2012

Loi n° 49-956 du 16 juillet 1949
sur les publications destinées à la jeunesse

# Le Club du Grand Galop

Carole, Steph et Lisa
sont les meilleures amies du monde.
Elles partagent le même amour des chevaux
et pratiquent leur sport favori au centre équestre
du Pin Creux. C'est presque leur unique sujet
de conversation. À tel point qu'elles ont créé
le Club du Grand Galop. Pour en faire partie,
il y a deux règles à respecter :
être fou d'équitation
et s'entraider coûte que coûte.

Depuis toujours, Lisa était une bonne élève. Au collège, elle se montrait concentrée et studieuse, obtenant à coup sûr de meilleures notes que Carole et Steph. En revanche, en matière d'équitation, elle se sentait moins sûre d'elle... Aussi, le matin où Mme Reg annonça les dates d'examen aux élèves du Pin Creux, Lisa se renfrogna aussitôt : pour elle, monter à cheval devait rester un plaisir, or, passer l'examen du Galop 4 nécessitait de solides connaissances théoriques. Elle devrait encore passer des heures à réviser, et elle n'en avait aucune envie.

En la voyant grimacer, Steph gloussa et lui fourra le manuel de théorie entre les mains.

— Allez, au boulot, ma vieille ! s'exclama-t-elle. Nous n'avons plus beaucoup de temps pour savoir tout ça par cœur !

Lisa soupira et souleva le manuel comme un haltérophile aux jeux Olympiques. Carole lui tapa dans le dos.

— Ce n'est pas plus pénible qu'un contrôle de maths, la rassura-t-elle. Il suffit de s'y mettre ! Tu vas voir, on le décrochera, ce diplôme ! Et toutes les trois ensemble.

— N'oublie pas que le Club du Grand Galop doit rester uni pour le meilleur... et pour le pire ! lança Steph avec malice.

Lisa feuilleta le livre : anatomie, figures de manège, alimentation, mécanismes du saut... Chaque page était truffée de termes techniques, et cela l'ennuyait prodigieusement de s'y plonger.

– Et si on partait plutôt en promenade ? proposa-t-elle. Il fait un temps magnifique, on ne va quand même pas rester enfermées toute la journée…

Carole et Steph échangèrent un regard dubitatif avant de scruter le ciel. Oui, le temps était vraiment idéal pour aller galoper dans les sous-bois.

– Allez, les filles ! insista Lisa. On va jusqu'à Fox Creek, et au retour, on révise.

– Promis ? demanda Carole.

– Promis ! répondit Lisa, une main sur le cœur.

Les trois amies eurent tôt fait de seller leurs chevaux, puis elles quittèrent le Pin Creux au petit trot.

– Regardez comme Prancer a l'air heureux ! s'exclama Lisa lorsqu'elles pénétrèrent dans la forêt. Elle m'en aurait voulu à mort si je l'avais laissée dans son box !

– Les humeurs des chevaux sont les miroirs des nôtres, répliqua Steph, amusée. Dis plutôt que c'est toi qui nous en aurais voulu à mort de rester au Pin Creux pour réviser !

Lisa dut admettre que Steph avait raison. Laissant éclater sa joie, elle talonna la jument alezane et partit droit devant, rapide comme une flèche.

— Hé ! Attends-nous ! s'écrièrent Steph et Carole en se lançant aussitôt à ses trousses.

Elles firent la course jusqu'en haut de la colline, soulevant la poussière du sentier dans leur sillage, et parvinrent, essoufflées, en vue de Fox Creek. Ensuite, elles descendirent en douceur parmi les herbes hautes, avant de reprendre leur route à une allure plus soutenue.

— Je ne me lasserai jamais de moments comme ceux-là, commenta Lisa.

— Moi non plus, sourit Carole. Et pourtant il va falloir songer à rentrer !

— Oh, non ! Encore dix minutes ! plaida Lisa.

— Tu as promis ! lui rappela Carole.

— Je sais, mais on a encore le temps… Soyez cool, les filles !

— Carole a raison, intervint Steph. Si on veut réussir nos examens, il faut…

– Alors, partez devant! l'interrompit brusquement Lisa. Moi, j'ai besoin de me défouler! Je vous rejoindrai un peu plus tard.

– Tu n'es pas raisonnable, reprit Carole. Ça ne te ressemble pas, Lisa.

Mais cette dernière n'écoutait déjà plus les remontrances de ses amies: elle venait de tourner bride et s'enfonçait de nouveau dans les bois. Seule.

– Quelle tête de mule! soupira Carole. Parfois, elle me fait penser à l'âne de Mélanie et Jess.

– Sauf que personne ne demande à Problème de passer un examen..., lui fit remarquer Steph avec un clin d'œil.

– Encore heureux! s'esclaffa Carole. Tu imagines la catastrophe?

Insouciantes, elles reprirent le chemin du Pin Creux. Après tout, Lisa était assez grande pour se promener sans elles...

# 2

Si Lisa adorait galoper en compagnie de ses amies, elle prenait un plaisir plus vif encore à s'aventurer en solitaire sur les chemins forestiers qui sillonnaient les environs. Dans ces moments-là, elle faisait corps avec Prancer et se sentait en totale harmonie avec sa monture, goûtant le privilège rare d'une liberté qu'elle ne pouvait éprouver qu'à cheval. Elle aurait voulu que le temps s'arrête, et ne jamais devoir rentrer ! Malheureusement, l'heure tournait, et elle dut stopper Prancer dans sa course.

– Tu as été super ! murmura-t-elle à l'oreille de l'animal. Je t'adore !

Elle lui flatta l'encolure et le laissa brouter quelques pousses tendres, au milieu des épicéas. Puis, la mort dans l'âme, elle donna le signal du retour.

– Au pas, ma belle, dit-elle à sa jument. Rien ne presse…

Tout en cheminant en direction du centre équestre, elle se représenta les planches anatomiques du manuel et tous les mots compliqués qu'elle allait devoir mémoriser. Quelle barbe de devoir réviser ! Mais soudain un frisson lui hérissa l'échine, et elle eut l'impression qu'un courant d'air glacé soufflait sur son visage. La respiration coupée, elle immobilisa sa monture et tendit l'oreille. Les oiseaux s'étaient tus ; un silence étrange pesait sur la forêt. Lisa se sentait étourdie, inquiète, comme envahie par une présence obscure.

– Y a quelqu'un ? appela-t-elle.

Personne ne répondit, et Lisa se remit en route, sans parvenir à se débarrasser de l'impression tenace qu'elle n'était pas seule dans ce sous-bois... En effet, elle ne l'était pas ! Au détour d'un bosquet de noisetiers, elle vit brusquement apparaître un splendide étalon sauvage, à la robe couleur charbon. Il se cabra devant Prancer et son hennissement retentit sous la voûte des branchages. Stupéfaite, Lisa cria :

– Diablo !

Elle déchaussa ses étriers et mit pied à terre.

– Diablo, c'est bien toi ? murmura-t-elle en s'approchant doucement de l'étalon.

Il avait une allure différente de celle des chevaux du Pin Creux. Il était plus vigoureux et avait une attitude méfiante. Son toupet avait poussé jusqu'au milieu du chanfrein, et son poitrail était zébré de cicatrices mal soignées. Lisa l'aurait reconnu entre mille : c'était bien Diablo, l'ancien cheval de Raffael, son ami gitan...

– Tu es revenu par ici, mon grand ! lui

dit-elle, très émue. Je suis si contente de voir que tu es en vie...

Lisa tendit la main vers Diablo, mais celui-ci plaqua les oreilles en arrière, hennit encore et, dans une ruade, détala loin d'elle.

– Diablo, attends! appela Lisa.

Trop tard! Le splendide animal disparut au bout du chemin, aussi vite qu'il était apparu.

Encore sous le choc, la jeune fille resta un moment plantée sous les arbres, bras ballants, avant de se remettre en selle. Cette rencontre inattendue la rendait à la fois triste et heureuse; cela faisait remonter tellement de souvenirs! «Vite! se dit-elle. Il faut que je raconte ça à Steph et à Carole!»

Elle lança Prancer au galop en direction du Pin Creux, ne ralentissant qu'à l'approche des écuries. Là, elle prit à peine le temps de verser de l'eau dans l'abreuvoir de sa jument, puis elle se précipita vers le club-house, à la recherche de ses amies.

Elle les trouva sagement assises devant une table, le nez dans leurs cahiers, occupées à s'interroger sur les différents types de fourrages.

– Hé! Devinez qui j'ai vu! s'écria Lisa, en faisant irruption comme une tornade dans la pièce.

– Tu sais l'heure qu'il est? lui lança Carole sur un ton cinglant.

– On s'en fiche! répondit Lisa. Je viens de voir Diablo!

Carole et Steph ouvrirent de grands yeux étonnés.

– Diablo? Tu es certaine que c'était lui? demanda Carole.

– Il y a tellement de chevaux sauvages dans la région, ajouta Steph, qu'on peut très bien les confondre.

– Je ne confondrai jamais Diablo avec un autre cheval! répliqua Lisa, survoltée. Je l'ai senti approcher avant même de le voir… J'ai un lien vraiment spécial avec lui, depuis la première fois que je l'ai vu. Vous le savez aussi bien que moi!

Cette fois, Carole et Steph hochèrent la tête. À l'époque où les Gitans s'étaient installés près du Pin Creux, elles étaient devenues amies avec certains d'entre eux. Pas aussi proches que Lisa l'avait été de Raffael, bien sûr, mais...

— Il avait l'air d'aller bien ? s'enquit Steph, afin de ne pas réveiller les souvenirs douloureux liés à cette époque.

— Il était plus beau que jamais ! soupira Lisa. Je suis sûre qu'il n'est pas venu me voir par hasard... Je suis trop contente !

— D'accord, lui sourit Carole. Mais... ce n'est pas comme ça que tu vas réussir l'examen. Allez, viens, calme-toi et assieds-toi !

Lisa leva les yeux au ciel et prit une chaise, de mauvaise grâce. Steph lui tendit le manuel, un stylo, et regarda sa montre :

— Tu as un quart d'heure avant l'interro ! Au boulot !

Simon et Desi avaient décidé de s'entraîner ensemble dans la carrière. Leur différence de niveau ne les empêchait nullement de s'entraider : Simon appréciait les conseils de la jeune cavalière, tandis que Desi trouvait la présence de Simon apaisante. Sa grande sensibilité et la complicité qui le liait désormais à Midnight faisaient de lui un partenaire idéal. Veronica avait beau lui répéter que Simon n'était qu'un plouc, Desi s'en moquait ; les qualités de cœur comptaient davantage à ses yeux que l'argent ou les noms prestigieux !

Ils étaient en train d'effectuer une demi-volte, lorsque Mme Reg les interpella. Elle tenait la longe de Pepper. Sur le poney était juchée une petite cavalière à lunettes. Sa bombe, un peu trop grande, glissait sur sa frimousse mouchetée de taches de rousseur.

— Je vous présente Lili, annonça Mme Reg. Elle va passer son examen ici, et elle a besoin de travailler un peu.

— Salut, Lili ! lança gaiement Desi.

La petite piqua un fard, sans oser répondre.

— Lili est très timide, expliqua Mme Reg en s'avançant vers Simon et Desi. Vos encouragements seront précieux, je compte sur vous.

— Pas de problème, Madame Reg ! sourit Simon.

Il se rappelait parfaitement ses débuts difficiles au club, et il comprenait ce que pouvait ressentir la nouvelle venue. Il lui fit un signe de la main.

— Sois la bienvenue au Pin Creux, Lili !

Ton poney est magnifique ! Il a une allure... heu... vraiment très classe !

— Ce n'est pas la peine d'en faire des tonnes ! s'esclaffa Mme Reg. Ce n'est que notre vieux Pepper, tu sais... Aidez plutôt Lili à travailler ses diagonales, d'accord ? Je vous la confie pendant une heure.

Desi et Simon promirent de se montrer patients, et Mme Reg quitta la carrière.

— Tu as la piste pour toi, Lili ! annonça Desi. Montre-nous ce que tu sais faire !

La petite rougit de nouveau. Engoncée dans un blouson trop chaud pour la saison, elle transpirait à grosses gouttes avant même d'avoir commencé à travailler. Elle se mordit la lèvre inférieure, raccourcit ses rênes et parvint à mettre Pepper au trot.

— C'est super ! lui cria Simon en levant un pouce.

Lili se fit brinquebaler jusqu'à l'autre extrémité de la carrière. On aurait dit une poupée de chiffon posée sur la selle.

— Aïe, aïe, aïe ! soupira Desi. C'est mal parti... La pauvre !

— Ne dis pas ça, lui souffla Simon. Il faut qu'elle prenne confian...

— Mince, voilà Veronica ! l'interrompit Desi.

Simon se retourna. En voyant surgir la grande blonde dans sa tenue impeccable, droite comme un I sur Garnet, il dut admettre qu'elle avait, hélas, infiniment plus de classe que quiconque au Pin Creux.

— Waouh, fit-il. Garnet a le poil plus luisant que jamais, on dirait !

Miss Angelo eut un sourire satisfait.

— C'est grâce à mon nouveau shampooing, expliqua-t-elle. Une petite merveille, extrêmement rare, que mon père m'a rapportée de Paris.

— Hum, fit Simon, c'est curieux, ça sent la pomme !

— Bien vu ! Ce shampooing est à base de pulpe de pomme bio. Et, pour le reste, il est composé de onze ingrédients secrets. C'est le *must* ! On en fabrique seulement une centaine de flacons par an, et j'ai réussi à en avoir un... Il paraît que la fille du sultan de Brunei en est verte de jalousie !

— Quelle chance, dis donc ! sourit Desi en faisant un clin d'œil à Simon.

C'est seulement à cet instant que Veronica sembla remarquer la présence de Lili, qui s'évertuait toujours à trotter à l'autre bout de la carrière.

— Qu'est-ce que c'est que ça ? fit-elle avec une moue méprisante.

— C'est Lili, répondit Desi. Mme Reg nous l'a confiée pour qu'elle travaille un peu.

— Quelle plaisanterie ! pouffa Veronica. Si vous voulez mon avis, elle est tout juste bonne à retourner le tas de fumier.

— Tu es dure, quand même ! la gronda Desi. Elle doit passer son examen ici, c'est une débutante, il faut l'encourager.

— Je n'encourage jamais les pertes de temps, rétorqua Veronica. Qu'elle dégage de la piste, Garnet doit travailler sérieusement, je vous signale !

Simon sentit la moutarde lui monter au nez, mais il resta calme et se contenta de répéter à Veronica les consignes de Mme Reg.

— Eh bien, soupira miss Angelo, libre à vous de croire aux miracles ! Moi, je ne reste pas une seconde de plus...

Elle fit demi-tour pour sortir de la carrière, tandis que Lili continuait de tourner en rond comme une toupie. Simon secoua la tête. Certes, Lili n'était vraiment pas au point, mais il refusait de renoncer. Il regarda Desi et déclara :

— Moi, j'y crois, aux miracles ! Pas toi ?

En prévision des examens, Jess et Mélanie avaient pris des mesures drastiques concernant leur âne : Problème devait rester attaché à un piquet et se tenir tranquille pendant qu'elles révisaient. Elles étaient inscrites pour passer le Galop 3, ce qui supposait d'apprendre en détail les étapes du pansage, les différentes parties de la selle, et de savoir répondre à un long questionnaire à choix multiple. Hors de question de se laisser distraire ! Elles s'étaient donc installées dos à leur petit protégé, dans un coin des écuries.

– Quand même, je lui trouve une mine affreuse…, soupira Jess en mordillant son stylo.

– Il nous fait du chantage, répondit Mélanie. Ne le regarde surtout pas.

– D'accord, mais imagine qu'il soit vraiment malade ?

– Tu crois ?

Mélanie se retourna. Aussitôt, Problème se mit à braire.

– Tu as raison ! s'exclama-t-elle. Allons voir s'il a de la fièvre !

Les deux copines refermèrent leurs cahiers et se précipitèrent auprès de l'animal. Elles posèrent leurs mains sur son museau, sur ses oreilles, palpèrent ses flancs et écoutèrent les battements de son cœur. Problème leur fit des chatouilles avec sa queue, et elles se mirent à rire en se roulant dans la paille.

– Ah, c'est malin ! hoqueta Jess. Je suis complètement déconcentrée, maintenant !

– Il n'est pas du tout malade, constata Mélanie. Il nous a bien eues!

Elle tapota l'échine de Problème, tout attendrie :

– Tu n'es pas un âne sérieux! Que diront nos parents si nous n'avons pas notre examen, hein?

Jess porta la main à sa bouche, soudain catastrophée :

– Les parents voudront peut-être qu'on place Problème à la SPA!

Sur ces mots, elles se relevèrent d'un bond, et coururent vers leurs livres et leurs cahiers. L'idée d'une telle punition leur donna la motivation nécessaire pour travailler : elles se turent et s'absorbèrent dans la contemplation des schémas.

– Ça alors, je n'en crois pas mes yeux! s'esclaffa Lisa en découvrant sa sœur si studieuse.

Elle venait d'entrer dans l'écurie, suivie de Carole et Steph.

– Tu vois, lança cette dernière, même Jess et Mélanie travaillent plus que toi!

Lisa tordit le nez et s'avança vers le box de Starlight. Ses deux amies avaient décidé de la mettre en situation d'examen, face à un cheval. Munies de Post-it colorés où elles avaient inscrit les termes techniques, elles endossaient le rôle des examinateurs, et Lisa, celui de l'élève.

— Allez, pioche ! lui proposa Carole.

Lisa obtempéra et prononça à voix haute :

— Paturon et boulet... Facile !

Elle s'approcha de Starlight et colla le Post-it au bon endroit. Puis elle en prit un autre :

— Apophyse zygomatique... Voyons...

Carole et Steph la virent hésiter, tourner autour du cheval... et coller le Post-it n'importe où.

— Lisa..., se désola Carole, tu n'y es pas du tout !

— Je sais, reconnut la jeune fille, mais je pense trop à Diablo. Je n'arrive pas à me concentrer sur autre chose.

— Et si on allait le chercher ? suggéra Steph. Tu pourrais te concentrer, après ?

– Oui, oui ! s'exclama Lisa. Allons-y tout de suite. Je veux être sûre qu'il va bien !

Elle était déjà prête à courir vers le box de Prancer, mais Carole lui barra la route :

– Minute, papillon ! Avant tout, tu dois jurer que tu passeras l'examen quoi qu'il arrive !

– Sur la tête du Club du Grand Galop, je le jure ! s'empressa de répondre Lisa.

Quelques minutes plus tard, les trois filles caracolaient loin du Pin Creux, en se fiant aux indications de Lisa. Puisqu'elle avait rencontré Diablo dans la partie nord de la forêt, ce serait le point de départ de leur battue.

– Tu penses souvent à Raffael ? osa demander Steph à Lisa.

Le visage de la jeune fille se rembrunit. À l'époque où elle était tombée amoureuse du jeune Gitan, Steph et Carole avaient été ses confidentes. Lorsqu'il avait été accusé d'un vol qu'il n'avait pas commis, puis contraint de partir en abandonnant son étalon, Steph et Carole l'avaient soutenu. Et elles étaient là également le jour où Raffael, désespéré de vendre Diablo à n'importe qui, avait préféré lui rendre la liberté...

— Je pense à lui chaque jour, murmura Lisa. La réapparition de son étalon me console un peu.

— Je te comprends, soupira Carole. Quand quelqu'un nous manque, on s'accroche à des petits signes. Ça remonte le moral.

Lisa lui sourit. Carole savait de quoi elle parlait, elle qui avait perdu sa mère...

— Continuons de chercher ! intervint Steph. Il faut que nous soyons de retour avant que le soleil passe derrière la crête de la colline.

Elles talonnèrent leurs chevaux et disparurent entre les troncs serrés des épicéas, en direction du nord.

# 5

Veronica Angelo ne décolérait pas. Qu'une élève débutante l'empêche d'accéder à la carrière avec Garnet lui paraissait absurde et injuste, et elle alla s'en plaindre dans le bureau de Mme Reg.

– Lili a autant de droits que toi, lui fit remarquer cette dernière. Je ne vois aucune injustice là-dedans.

– Mais… elle prend toute la place !

– Elle a besoin de calme et d'attention

pour se préparer à l'examen, je pense que tu peux le comprendre.

– Elle ne l'aura jamais, son examen! ricana Veronica. Elle ne sait même pas trotter enlevé… Il faudrait lui donner des cours. Ce n'est pas avec les conseils avisés de Simon qu'elle va faire des progrès!

Mme Reg, qui était en train de mettre de l'ordre dans ses dossiers, s'immobilisa soudain. Elle tourna vers la jeune fille un visage réjoui.

– Quelle idée splendide! s'exclama-t-elle. Veronica, tu m'épates!

– Qu'est-ce que j'ai dit? s'étonna celle-ci.

– Je sens que tu as très envie de donner des cours à Lili! Il fallait me le dire tout de suite, au lieu de tourner autour du pot! C'est l'occasion idéale pour prouver ton aptitude à enseigner, non?

Soufflée, Veronica dansait d'un pied sur l'autre. Elle n'avait jamais eu l'intention d'aider qui que ce fût à passer un examen, elle était bien trop égoïste pour cela! Mais

Mme Reg semblait avoir oublié ce trait de son caractère... Elle poursuivit :

– Alors, c'est d'accord, marché conclu : tu vas t'occuper de Lili ! Dans la formation d'une cavalière de ton rang, il est indispensable de prendre des responsabilités. Je suis fière de toi !

Mme Reg envoya une tape amicale dans le dos de la jeune fille, sans manquer d'ajouter :

– Si Lili obtient son Galop, la fédération saura te récompenser, crois-moi ! Au boulot, ma grande !

Veronica ne trouva aucun argument à lui opposer. La tête basse, elle sortit du bureau en maugréant contre elle-même. Voilà ce qui se passait lorsqu'on tenait à revendiquer ses droits...

En donnant des coups de pied dans les cailloux, elle rejoignit la carrière. Lili s'épuisait en de vaines diagonales, sous l'œil inquiet de Simon. Quant à Desi, elle avait fini par aller s'asseoir sur la barrière et affichait une mine perplexe.

— J'ai de nouvelles consignes de Mme Reg, annonça Veronica avec humeur. À partir de maintenant, je suis la prof officielle de Lili !

Simon ouvrit des yeux comme des soucoupes, mais lui laissa aussitôt le champ libre.

— Tu as de la chance ! lança-t-il à Lili. Veronica est une des meilleures cavalières du Pin Creux.

— LA meilleure, rectifia Veronica, en se campant au milieu de la piste.

Elle frappa du talon sur le sol, et la leçon commença. Pendant vingt bonnes minutes, ce ne furent que cris, reproches et remarques désagréables. « Baisse les coudes, bon sang ! Et redresse-toi ! Tu as du chewing-gum à la place de la colonne vertébrale, ou quoi ? Allez, en rythme ! Tu comprends ce que je dis, ou tu es sourde ? »

La pauvre Lili endurait les critiques acerbes de Veronica sans se révolter. Elle s'évertuait à corriger ses gestes, mais plus le stress montait, plus elle devenait maladroite, et plus Veronica enrageait.

Simon, qui s'était assis sur la barrière près de Desi, poussait des soupirs interminables. Comment Lili pouvait-elle progresser si Veronica ne cessait de l'enfoncer?

– Bon! annonça Veronica. Je sais ce que tu vas faire, Lili! Tu vas stopper Pepper devant moi.

La jeune élève obéit. Lorsqu'elle parvint à s'arrêter, elle avait les larmes aux yeux.

– Bien! sourit Veronica. Maintenant, tu descends de cheval. Voilà, comme ça... Ensuite, tu prends la longe et tu l'emmènes vers la barrière. Parfait! Maintenant, tu l'ouvres et tu... rentres aux écuries!

Sans un mot de protestation, Lili avait effectué chaque geste et quitté la carrière. Humiliée et malheureuse, elle s'éloigna sous le regard sévère de son professeur.

– Tu es vraiment dégueulasse de lui faire ça! se révolta Simon en sautant de la barrière. Pourquoi es-tu si méchante?

Il s'approcha de Veronica, les poings serrés.

– Je ne suis pas méchante, je suis honnête: elle ne vaut pas un clou, et je perds mon temps, point à la ligne.

— Tout le monde a le droit d'avoir sa chance! contesta Simon avec hargne. C'est toi qui es incapable de lui apprendre quoi que ce soit!

— Le talent ne s'apprend pas, mon pauvre Simon…, se moqua Veronica. On l'a ou on ne l'a pas. Et, si Lili en est totalement dépourvue, je n'y peux rien.

Simon était furieux, mais il sentit que la colère ne servirait à rien. Il valait mieux utiliser la ruse. Il respira profondément et reprit la parole avec calme.

— Je comprends que tu aies peur d'être mise en échec par quelqu'un d'un niveau inférieur au tien, murmura-t-il à Veronica. Ce n'est pas donné à tout le monde d'être un bon professeur. Finalement, je te trouve courageuse d'avouer ta faiblesse dans ce domaine.

— Ma «faiblesse»? s'étrangla Veronica. Tu plaisantes?

— Pas du tout, fit Simon. Mais je pensais

vraiment que tu pourrais être à la hauteur de cette mission. C'est Mme Reg qui va être déçue ! Sans compter que Lili va devoir revenir jour après jour pour progresser...

Ce dernier argument eut raison de la détermination de Veronica. Elle fit volte-face et rappela Lili.

– Allez, reviens ! lui lança-t-elle. Je rigolais ! En selle !

Lili essuya ses larmes, puis ramena Pepper vers la carrière. Simon lui fit un clin d'œil, et la petite lui répondit par un sourire timide. Malgré toutes ses difficultés, Lili avait vraiment envie de réussir, et Simon lui fit la promesse muette qu'il serait à ses côtés pour l'aider à surmonter cette épreuve.

De guerre lasse, Carole et Steph avaient abandonné la battue. Elles étaient persuadées que Diablo resterait introuvable. Pire : elles en étaient venues à douter que Lisa l'ait vraiment rencontré. Peut-être l'avait-elle confondu avec un autre étalon sauvage ? Elles avaient fini par revenir au Pin Creux, tandis que Lisa, butée, poursuivait ses recherches dans les bois aux alentours.

— Si ça se trouve, Lisa a inventé cette histoire pour éviter de travailler..., commenta Carole.

— Tu crois ? s'étonna Steph. Ce serait quand même un peu tordu, non ?

— Va savoir !

Elles firent halte près de la carrière, stupéfaites de voir Veronica s'occuper d'une cavalière inexpérimentée.

— Je rêve, ou Veronica est tombée sur la tête ? demanda Steph à Simon.

— Surtout, pas de moquerie ! les supplia le jeune garçon en posant un doigt sur ses lèvres. Pour une fois que Veronica rend service à quelqu'un... il vaudrait mieux l'encourager !

Carole et Steph acquiescèrent, et restèrent un moment face à ce spectacle inédit. Manifestement, Veronica faisait des efforts pour prodiguer ses conseils sans s'énerver, et Lili commençait à se sentir mieux sur Pepper.

— Au trot ! ordonnait Veronica. C'est bien, mais serre plus fort avec tes jambes, sinon ton poney ne comprend pas le message. Encore ! Oui, comme ça !

Lili multipliait les fautes, mais elle s'accrochait avec tant d'opiniâtreté que c'en était touchant.

— Super ! l'encourageait Simon toutes les cinq minutes. Bravo !

— N'en rajoute pas, grognait Veronica entre ses dents. Elle va croire qu'elle est douée…

— Tu seras toujours là pour la ramener sur terre, soupira Simon. Je te fais confiance.

— Il faut savoir souffrir pour progresser, asséna Veronica. Si Lili ne se blinde pas un peu, elle n'arrivera à rien en équitation. Et dans la vie, en général !

— Moi, je crois plutôt qu'elle a besoin d'être encouragée et protégée, la contredit Simon. Tout le monde n'a pas un cœur d'acier, tu sais.

— Chacun sa méthode, riposta Veronica. Si tu veux rester un *loser*, c'est ton affaire.

Simon leva les yeux au ciel. Et soudain son regard fut attiré au loin par quelque chose, sur la crête de la colline. Il s'exclama :

– Ça alors ! Regardez ! À qui est cette merveille ?

Desi, Carole, Steph et Veronica levèrent les yeux à leur tour et aperçurent la silhouette nerveuse d'un étalon noir, magnifique. Juste derrière lui, Lisa apparut sur Prancer, en faisant de grands signes.

– C'est Diablo ! s'écria Steph.

– Lisa l'a trouvé ! reprit Carole, sidérée.

– Quoi ? grimaça Veronica. Ne me dites pas que les Gitans sont revenus ? On a déjà assez d'ennuis comme ça !

Steph et Carole la toisèrent sévèrement et, sans répondre, elles s'élancèrent vers Diablo.

– Venez ! leur cria Lisa. Aidez-moi à l'emmener au paddock !

Encadré par les trois filles, l'étalon sauvage se laissa guider vers l'enclos sans trop de difficulté et, une fois qu'il fut à l'intérieur, Lisa referma la barrière. Aussitôt, Diablo se cabra en poussant un hennissement.

– Il n'est pas content, remarqua Steph.

– Je le comprends, dit Carole. Il n'a plus l'habitude d'être prisonnier, le pauvre...

Rouge d'excitation, Lisa exultait :

– Alors ? Comment le trouvez-vous ?

– Il est encore plus beau que dans mes souvenirs, admit Carole en souriant. Désolée de ne pas t'avoir accompagnée.

– Je crois que, si vous étiez restées, il ne se serait pas approché, répondit Lisa. Entre lui et moi, c'est spécial…

Comme pour confirmer cette intuition, Diablo trotta jusqu'à Lisa et ses naseaux frémirent en signe d'amitié. Puis, calmement, il s'avança vers Steph. Il balança la tête, se pencha tout près de Belle, la toucha, et les deux chevaux soufflèrent en même temps.

– Regarde, Belle lui plaît ! rigola Lisa.

– Trop drôle ! sourit Steph. Ils ont l'air complices.

Carole se racla la gorge et plissa les yeux.

– Maintenant que tu as récupéré Diablo…, commença-t-elle en regardant Lisa de biais, tu n'as plus d'excuse pour repousser l'heure des révisions !

Les épaules de Lisa s'affaissèrent, et elle prit un air accablé.

– C'est la voix de la sagesse ! renchérit Steph. Rentrons nos chevaux aux écuries et allons travailler.

– Nous n'avons plus que quelques heures pour réviser l'alimentation et la reprise de dressage, précisa Carole en jetant un œil à sa montre. Ne traînons pas !

Lisa fit une dernière caresse à Diablo et suivit ses amies. Mais la liste des différentes parties du cheval qu'elle avait aperçue sur un schéma s'embrouillait déjà devant ses yeux : auge, grasset, chanfrein...

– Oh là là, quelle galère ! soupira-t-elle.

Jamais la préparation d'un examen ne lui avait autant pesé.

# 7

Le lendemain matin, Steph était de très bonne humeur lorsqu'elle pénétra dans l'écurie et qu'elle se dirigea vers le box de Belle. Mais en une seconde son visage changea d'expression. Elle devint plus blême qu'un fantôme, et la panique l'envahit d'un coup.

– Belle ! hurla-t-elle.

La tête de sa jument dépassait au-dessus du vantail, et la pauvre bête tremblait de tout son corps. Les oreilles pendantes, le regard éteint, elle soufflait d'une façon anormale. Quelques secondes après, elle fut prise de convulsions et s'écroula dans la sciure qui couvrait le sol.

— Au secours! hurla Steph en ouvrant précipitamment le box.

Son cri ameuta les élèves qui bouchonnaient leurs montures avant la reprise matinale. Murray courut chercher Jack, le soigneur, tandis que Steph pleurait, à genoux devant le corps effondré de Belle.

— Mais... qu'est-ce que tu as? bredouillait-elle. Qu'est-ce qui ne va pas?

Jack arriva en courant et vint s'agenouiller près de Belle. À peine eut-il touché l'encolure de la jument que son visage s'assombrit.

— Elle a de la fièvre, dit-il d'une voix sourde. J'appelle d'urgence le véto.

Il sortit son téléphone portable, et Steph crut qu'elle allait s'évanouir sous le choc. Heureusement, Carole et Lisa vinrent la prendre par le bras et l'entraînèrent un peu à l'écart.

— Ne t'inquiète pas, lui murmura Carole. Le vétérinaire va arriver.

— Viens t'asseoir là en attendant, ajouta Lisa.

Du pied, elle poussa les licols abandonnés sur une botte de foin, et força Steph à s'y installer.

— Je vais te chercher un verre d'eau, annonça Carole en détalant vers le club-house.

En l'espace de quelques minutes, tous les élèves du Pin Creux s'attroupèrent près du box de Belle. Max et Mme Reg leur ordonnèrent de s'écarter et vinrent trouver Steph. Ils la rassurèrent comme ils le purent, mais leurs regards trahissaient leur inquiétude, et Steph continua de sangloter en se mordant la lèvre jusqu'au moment où Jack revint avec le vétérinaire.

Muni de sa mallette, le stéthoscope autour du cou, l'homme se pencha sans attendre sur la jument malade. Dans un silence religieux, il pratiqua les premiers examens, puis il se tourna vers Max :

— À qui est cette jument ?

— À moi ! s'écria Steph en bondissant vers la porte du box. Je l'ai vue s'effondrer sous mes yeux ! Est-ce que c'est grave ?

— Son cœur bat à 56 et sa température est à 39°, répondit le vétérinaire. Je pense à un virus.

— Je vous en prie, soignez-la ! supplia Steph.

— Il est trop tôt pour poser un diagnostic fiable, expliqua le vétérinaire. Il faut d'abord que je fasse des analyses de sang. Ta jument a-t-elle été en contact avec des chevaux que vous ne connaissez pas ?

— Non, réagit Steph. Elle n'a pas quitté le domaine ces jours-ci !

— Vous avez peut-être accueilli de nouveaux pensionnaires ? insista le vétérinaire.

— Pas récemment, l'informa Mme Reg.

— Si ! sursauta Steph. Diablo !

Un murmure d'effroi parcourut l'assemblée, et les regards se tournèrent vers Lisa. Celle-ci eut un frisson.

— Mais... Diablo est dans le paddock,

dit-elle. Et il n'a pas l'air malade du tout !

— Conduisez-moi auprès de ce cheval, trancha le vétérinaire. Il est peut-être porteur de la grippe sans en avoir les symptômes. S'il est contagieux pour les autres animaux, il faudra le mettre à l'isolement.

Sans perdre un instant, Lisa, Steph et Carole guidèrent le vétérinaire vers le paddock, suivies de Jack et de Mme Reg. Mais, lorsqu'ils arrivèrent sur place, ils constatèrent avec stupeur que l'enclos était vide...

— Oh, non, c'est pas vrai, murmura Lisa. Diablo s'est enfui cette nuit !

— Cette barrière n'est pas un obstacle pour un étalon sauvage, dut admettre Jack. Il a préféré prendre la clé des champs.

— Tant que je n'aurai pas les analyses de sang de ce Diablo, je ne pourrai pas savoir s'il est porteur d'un virus, expliqua le vétérinaire. C'est vraiment ennuyeux. Est-ce qu'il vous serait possible de le retrouver ?

Tous les regards se braquèrent sur Lisa, qui, à son tour, était devenue plus pâle qu'un linge. Et soudain la colère de Steph éclata.

– Ce qui arrive à Belle, c'est ta faute ! Si tu n'avais pas fait tout ce ramdam pour ramener ton Diablo ici, elle serait sur ses quatre membres à l'heure qu'il est !

De rage, elle donna un coup de pied dans la barrière.

Lisa se décomposa, son menton se mit à trembler, et elle ne put retenir ses larmes. Elle comprenait parfaitement la détresse de Steph, mais elle était également submergée par la peur que Diablo soit malade. Seul dans la nature, il était privé de l'aide d'un vétérinaire… sans aucun soin possible !

– Écoutez, intervint Mme Reg, personne ne sait si ce virus est grave ou non. Votre panique n'arrange rien. Alors, je vous propose d'attendre patiemment les analyses de sang.

Elle entoura de ses bras les épaules de Steph et de Lisa :

– Gardez votre calme et pensez à autre chose, les filles… Par ailleurs, je vous rappelle que l'examen a lieu cet après-midi. Je compte sur vous, n'est-ce pas ?

L'examen ? Lisa s'en contrefichait ! Elle se dégagea de l'étreinte de Mme Reg et voulut s'éloigner, mais Carole la rattrapa par la manche :

Tu as promis de le passer, quoi qu'il arrive !

– Fiche-moi la paix ! la rabroua Lisa. Tu n'es pas ma mère !

Et, la gorge nouée, elle partit en courant.

# 8

Veronica avait convoqué Lili, sa jeune élève, au chant du coq. Elle lui en faisait voir de toutes les couleurs, persuadée que la manière forte produirait le miracle auquel elle ne croyait pas elle-même... et Lili encaissait les remarques acides, les cris dépités de sa monitrice, en ravalant ses larmes et sa honte. Mais au bout de deux heures, exténuée, elle osa réclamer une pause.

— Une pause ? ironisa Veronica. Nous venons à peine de commencer !

— S'il te plaît, implora la petite. J'ai soif...

— Tu aurais pu boire avant l'entraînement... Enfin, bon. Vas-y !

Lili descendit de Pepper et se précipita vers le club-house. Par chance, la salle était déserte ; tout le monde était dans les écuries, autour de Steph et de Belle. Lili s'approcha du frigo dans l'intention de boire un soda, mais soudain elle s'écroula, en pleurs. Toutes les larmes qu'elle avait retenues depuis le commencement des exercices débordèrent en torrent sur ses joues, et elle sanglota, sanglota tout son soûl, la tête dans les mains.

C'est dans cette position que Simon la surprit. Le cœur serré, il s'approcha de Lili et posa une main fraternelle sur son épaule. La petite sursauta.

— Excuse-moi de t'avoir fait peur, dit Simon avec un sourire.

— Je... je suis désolée..., hoqueta la fillette. Je... je n'arrive plus à... m'arrêter !

– Je comprends, murmura Simon. C'est épuisant de s'entraîner comme ça, hein ?

– Ce n'est pas... la fatigue, répondit Lili, c'est... c'est que... Veronica a raison ! Je n'y arriverai jamais, je suis trop nulle !

– Ne crois pas ça, se révolta Simon. Tu es loin d'être nulle ! Tu as le cran d'affronter l'épreuve de l'examen, et ça demande un courage que beaucoup n'ont pas. Regarde-moi, par exemple : je n'ose même pas me présenter !

– Ah bon ? s'étonna Lili en reniflant. Tu es nul, toi aussi ?

Simon éclata de rire et hocha la tête.

– Je ne sais pas si je suis nul, mais je n'ai pas ta détermination, ça, c'est sûr !

– Le problème, c'est que j'ai déjà raté deux fois mon Galop 2, avoua Lili.

– Et alors ? fit Simon. Cela ne veut rien dire. Tu vas l'avoir, cette fois ! Tu as juste besoin de reprendre confiance en toi.

Il alla chercher un soda dans le frigo, le décapsula et le tendit à la jeune cavalière, qui l'accepta de bon cœur.

— Combien de temps te reste-t-il avant de passer devant Max ? s'enquit Simon.

Lili soupira, essuya ses yeux et regarda l'heure à la pendule accrochée au-dessus de l'évier.

— Deux heures à peine, dit-elle.

— Parfait ! sourit Simon. La pause est terminée ! Fonce rejoindre Veronica et… prouve-lui qu'elle a tort !

Cet après-midi-là, quand Max et Mme Reg sonnèrent le rassemblement pour l'examen, l'atmosphère n'était pas à la fête. Steph venait de passer la matinée assise près de Belle, et elle se présenta avec les yeux rouges. Quant à Lisa, elle se décida à rejoindre sa table, mais elle avait les yeux presque aussi gonflés. Désolée de voir ses amies si mal, Carole ne savait plus quoi dire. Elle alla s'asseoir à sa place, le visage sombre.

— Bien ! lança Mme Reg à la cantonade. Vous êtes ici pour les épreuves théoriques des Galops 3, 4 et 5. Vous disposez d'une heure pour répondre au QCM et compléter les schémas. Bonne chance !

Elle distribua les feuilles, et la dizaine d'élèves présents commença à répondre aux questions. Sauf Steph et Lisa, indifférentes à tout, qui continuèrent de regarder le plafond.

Pendant ce temps, dans le manège, Max donnait le signal du départ pour les épreuves pratiques. Parmi les spectateurs, Simon encourageait Lili du regard. Mais la petite courut vers lui, catastrophée.

– Je croyais que Veronica viendrait pour m'aider, se plaignit-elle. Pourquoi elle n'est pas là ?

– Elle passe l'examen théorique, lui expliqua Simon. Elle ne peut pas se couper en deux !

– Sans elle, je n'y arriverai jamais ! décréta la petite. J'ai réussi à faire du trot enlevé tout à l'heure, mais là, je ne sais pas comment je vais faire... J'ai besoin qu'elle vienne.

– Je suis là, moi ! répliqua Simon. Vas-y, je te regarde !

Max appela Lili pour qu'elle prépare Pepper, et la jeune cavalière traîna les pieds jusqu'à la ligne de départ. La voyant perdue, Simon réfléchit, puis quitta les rangs des spectateurs et courut vers la salle d'examen. Il fit le tour et vint coller son visage à la fenêtre. Il aperçut Veronica, assise au premier rang, absorbée dans le QCM. Il toqua contre la vitre trois ou quatre fois avant que la grande blonde ne remarque sa présence. Elle fronça les sourcils d'un air furieux, mais Simon articula son message, sans se démonter :

— Li-Li a be-soin de toi !

Veronica haussa d'abord les épaules, mais Simon ne la lâcha pas. Il resta collé à la fenêtre, sans cesser de répéter son SOS, jusqu'à ce que Veronica, excédée, décide de se lever. Il la vit s'approcher du bureau d'où Mme Reg surveillait l'épreuve, lui rendre sa copie, s'excuser et sortir sous le regard surpris de la directrice.

Ravi, Simon se dépêcha de la rejoindre sur le pas la porte.

— À cause de toi, je vais avoir une sale note et je risque de louper mon Galop 5 ! s'énerva-t-elle.

– Grâce à moi, tu vas soutenir ton élève, et elle obtiendra son Galop 2 ! rétorqua gaiement Simon.

Tout en courant avec lui vers le manège, Veronica s'écria :

– De toute façon, si elle échoue, je l'étripe !

Simon et Veronica déboulèrent devant la barrière du manège au moment où Max, mécontent, donnait pour la troisième fois le signal du départ à Lili, qui restait raide comme un piquet. Le sang de Veronica ne fit qu'un tour. Elle sauta par-dessus la barrière en criant :

— Je suis là, Lili ! Fais comme pendant l'entraînement ! Tu as très bien réussi ce matin, alors montre ce que tu as dans le ventre !

Lili tressaillit, releva sa bombe et sourit à sa monitrice. Le rouge au front, elle se redressa, serra les rênes et donna un coup de talon dans les flancs de Pepper.

— Trot enlevé, répéta Max, à bout de patience.

— Allez, Lili ! cria Simon. Aie confiance en toi !

Quand la jeune cavalière s'élança sur la piste, Veronica croisa les doigts très fort. Son cœur battait la chamade. Elle lança :

— Jambe gauche derrière la sangle ! Tête relevée ! Talons baissés ! Tu vas y arriver !

Lili suivit chaque conseil à la lettre, effectuant plusieurs diagonales sans hésiter, avec une application extrême. En la voyant bien droite sur Pepper, jambes descendues, l'œil braqué vers le fond du manège, Veronica trépignait de joie.

— C'est bien ! C'est bien ! l'encouragea-t-elle.

Personne n'avait jamais vu Veronica aussi enthousiaste, et Max eut du mal à retenir le fou rire qui le gagnait. Sa mère avait vraiment eu une idée de génie en lui confiant la responsabilité d'une plus jeune : quelle métamorphose ! Et lorsqu'à la fin de l'exercice il félicita Lili, Veronica sauta carrément au cou de Simon.

– Génial ! exulta-t-elle. On a réussi !

Surpris, Simon accepta cette accolade inhabituelle et tapa dans le dos de miss Angelo. C'est seulement à ce moment-là que Veronica se ressaisit. Elle repoussa Simon en grimaçant.

– Du calme ! le rabroua-t-elle. Nous n'avons pas gardé les cochons ensemble, quand même !

Simon éclata de rire et secoua la tête. Veronica ne changerait jamais ! Mais l'essentiel, c'était qu'au milieu de la piste Lili venait de s'arrêter pour saluer le public, et qu'elle rayonnait de bonheur.

Quand tous les candidats furent passés et que Max eut reporté leurs notes sur les formulaires officiels, il fit les comptes et prit place au centre du manège.

– Si je décroche enfin mon Galop, souffla Lili à Simon, ce sera grâce à toi.

— J'appelle les heureux lauréats du jour, annonça Max, tout sourire.

Il égrena la liste des noms et, quand Lili l'entendit prononcer le sien, elle poussa un cri suraigu :

— C'est vrai ? C'est bien vrai ? J'ai mon Galop ?

— Absolument, mademoiselle ! répondit Max en lui tendant son diplôme.

Lili bredouilla des remerciements et contempla la feuille sur laquelle les lettres de son nom s'étalaient, flanquées du sceau officiel du centre équestre. Elle n'en revenait pas. Enfin, elle releva la tête et s'approcha de Veronica :

— Merci beaucoup. Tu es vraiment une super prof !

— Bah, je savais que tu y arriverais ! répondit Veronica. Il suffisait de m'écouter, pas vrai ?

Lili l'entoura de ses bras, et Veronica se laissa faire sans rien dire, pendant que Simon levait les yeux au ciel. Certains jours, il se produisait vraiment des miracles !

Un miracle, il en aurait fallu un pour que Lisa parvienne à remplir les cases du QCM qui dansaient devant ses yeux à travers un brouillard de larmes. Depuis le début de l'épreuve, elle n'avait pas pu répondre à une seule question. Du bout de son crayon, elle dessinait dans la marge la crinière et les yeux couleur charbon de Diablo.

– Plus qu'un quart d'heure ! annonça Mme Reg.

Lisa sursauta. Que faisait-elle là, au lieu d'aller chercher l'étalon ? Qu'attendait-elle pour aller lui porter secours ? Cet examen lui parut soudain absurde. Elle se leva brusquement, renversa sa chaise et quitta la salle en courant, le corps secoué de sanglots.

– Mais…, fit Mme Reg, interloquée.

À peine Lisa eut-elle disparu que Steph se leva à son tour. Elle n'en pouvait plus, elle aussi, et ne pensait qu'à une chose : retourner près de Belle, qui luttait contre la fièvre, seule dans son box. Sans un mot d'excuse, elle se précipita hors de la salle.

– Mais…, répéta Mme Reg, médusée.

Elle n'eut pas le temps de dire ouf, que Carole se leva à son tour.

– Désolée, Madame Reg ! lança-t-elle.

Puis elle chiffonna la feuille du QCM et se lança aux trousses de Steph.

Un silence de plomb tomba après le départ précipité des trois filles. Au fond de la salle, Desi poussa un soupir, tandis que Phil, Murray et Tom se consultaient du regard, hésitant à boycotter carrément l'examen par solidarité. Quant à Jess et Mélanie, elles étaient déconcentrées depuis plusieurs minutes par leur âne qui était venu se coller contre la fenêtre en poussant des braiments intempestifs. Lorsqu'elles firent mine de se lever, Mme Reg les fusilla du regard :

– Si vous bougez ne serait-ce qu'une oreille, je prive Problème de carottes jusqu'à la fin des temps, c'est clair ?

Les deux petites pâlirent, avalèrent leur salive et restèrent à leur place.

Mme Reg toisa les autres élèves d'un air sévère. Si elle pouvait comprendre les réactions impétueuses de Steph, Carole et Lisa, elle ne les approuvait pas pour autant. Et, même si les trois filles venaient de renoncer à leur examen, Mme Reg ne les laisserait pas saboter celui des autres.

– Il vous reste dix minutes ! grogna-t-elle. Pas une de plus, pas une de moins !

# 10

Lisa parcourut les bois et les champs des environs jusqu'à la limite de ses forces, sans trouver trace de Diablo. Quand elle revint, épuisée, au Pin Creux, elle sentit son estomac se nouer. Pénétrer dans les écuries avec Prancer lui semblait insurmontable : elle savait qu'elle allait y trouver Steph et Carole, assises près de Belle. Comment leur dire qu'elle rentrait bredouille ? Comment partager leur peine alors que la sienne était déjà immense ?

Elle tourna la tête en entendant arriver une voiture. C'était le 4 x 4 du vétérinaire qui se dirigeait vers le bureau d'accueil. Max en sortit et dévala les marches pour serrer la main du vétérinaire. Elle vit les deux hommes parlementer et observer en détail les documents que le vétérinaire avait sortis de sa mallette. Soudain, elle sursauta en entendant la voix de Steph :

— Tu crois que ce sont les résultats d'analyses de Belle ?

Lisa regarda son amie, dont les yeux étaient tout boursouflés de larmes. Elle soupira et descendit de cheval.

— Je n'ai pas retrouvé Diablo, avoua-t-elle. Je l'ai cherché partout, mais on dirait qu'il s'est volatilisé...

Carole les avait rejointes, l'air maussade et préoccupé.

— Max vient vers nous, leur fit-elle remarquer. À voir sa mine, il n'apporte pas de bonnes nouvelles... Mais il faut lui faire confiance. Il a une grande expérience des chevaux. Je suis certaine qu'il sait quoi faire pour tout arranger.

– Je l'espère, Carole, souffla Lisa. Je l'espère...

Tandis que le vétérinaire remontait dans sa voiture, Max arriva à la hauteur des trois filles. Serrés dans son poing, il tenait les résultats d'analyses sanguines de Belle. Il s'adressa d'abord à Steph :

– Ta jument est infectée par un virus dont nous ignorons l'origine. Elle lutte contre cette agression, c'est pour ça qu'elle a de la fièvre. Le vétérinaire peut l'aider à résister, mais il ne peut pas envisager un traitement totalement approprié tant qu'il n'a pas trouvé l'origine de son mal.

En disant ces mots, il fixa Lisa.

– Les soupçons se portent sur Diablo, dit-il d'une voix sombre. Même s'il n'est pas malade lui-même, il représente une menace. Tant qu'il est en liberté, il peut contaminer n'importe lequel de nos chevaux. Aujourd'hui c'est Belle, demain ce sera Starlight ou Prancer, tu comprends ?

Lisa avait froid. Son menton tremblait. Elle sentait peser sur elle les regards accusateurs de Steph et Carole, et elle ne savait plus si elle ressentait de la tristesse ou de la colère.

— Qu'allez-vous faire, Max ? demanda-t-elle d'une voix blanche.

— Retrouver Diablo par tous les moyens, répondit le directeur du Pin Creux. Et ton aide me sera précieuse. Tu connais Diablo par cœur, ses habitudes, les coins qu'il fréquente…

— Je l'ai cherché, mais je ne l'ai pas trouvé ! l'interrompit Lisa. Ce n'est pas si simple ! Et, s'il est malade, que va-t-il lui arriver ?

Max sembla embêté. Son regard se perdit au loin, vers la crête de la colline. Il savait qu'il devait dire la vérité à Lisa, mais cette vérité n'était pas agréable à énoncer.

— S'il est malade, il faudra faire des analyses pour identifier le virus…, commença-t-il.

— Et après ? le pressa Lisa.

— Après… eh bien… il faudra l'abattre.

— L'abattre ? s'écria Lisa. Vous me demandez de…

C'était si inconcevable qu'elle en avait le souffle coupé. Elle porta une main à sa poitrine, en proie à un vertige.

– Vous me demandez de le retrouver pour pouvoir l'abattre ? répéta-t-elle, sidérée. C'est bien ça ?

– Diablo met en danger tout le Pin Creux, se défendit Max.

Steph et Carole fixaient le sol, muettes de stupeur, effondrées elles aussi par la nouvelle qu'elles venaient d'entendre. Elles auraient dû prendre Lisa par les épaules, lui montrer combien elles compatissaient à son chagrin, mais elles étaient comme prises dans un étau, et elles ne firent pas un geste pour la consoler.

Lisa recula d'un pas.

– Je ne ferai jamais de mal à Diablo ! explosa-t-elle. Alors ne comptez pas sur mon aide ! Et j'espère que vous ne le retrouverez jamais ! Jamais !

Elle saisit la longe de Prancer et la tira de toutes ses forces vers les écuries. À cet instant, elle se sentait si seule qu'elle avait envie de quitter le Pin Creux pour ne plus y revenir.

# 11

Le mercredi suivant, Veronica arriva la première au Pin Creux. Elle avait très envie de partir en balade, mais auparavant elle voulait refaire une beauté à Garnet. Elle flatta l'encolure de son pur-sang et alla chercher le shampooing à la pomme que son père lui avait rapporté de Paris. Elle posa le pot sur le rebord de la stalle, y trempa un chiffon et commença à passer l'onguent sur les flancs de Garnet. Le shampooing avait un peu dégouliné sur le vantail, mais elle n'y prêta guère attention.

— Eh, ça sent drôlement bon, par ici! s'exclama Mélanie en entrant dans les écuries.

Elle était avec Jess, bien entendu.

— Oui, on dirait... de la pomme! renchérit celle-ci.

Soudain, Jess avisa le pot de shampooing sur le rebord de la stalle et s'en empara pour le renifler.

— Pas touche! s'écria Veronica en jaillissant devant elle. C'est un produit rare et précieux! Repose-le immédiatement où tu l'as trouvé!

— Ouh, pas la peine de t'énerver, soupira Jess.

Elle obéit et ricana :

— Si ton truc est tellement rare et tellement précieux, tu devrais faire attention de ne pas en perdre une goutte! Regarde!

Elle désigna l'endroit où le produit avait dégouliné.

— Pff! soupira Veronica. Je ne suis pas à un gramme près...

— À quoi ça sert ? s'enquit Mélanie.

— À rendre le poil de Garnet plus brillant que de l'or, expliqua miss Angelo en pinçant les lèvres.

Mélanie se pencha par-dessus le vantail pour admirer le résultat :

— Waouh ! c'est vrai que son poil brille drôlement !

— Je sais ! La fille du sultan de Brunei en crève de jalousie ! se vanta encore Veronica.

— Ce serait super bien sur Problème..., rêva Jess à voix haute. Tu ne voudrais pas nous en donner un peu...

— Oublie ! la coupa Veronica. Un âne n'a pas besoin de soins sophistiqués ! Je ne gaspillerai pas une seule goutte pour votre best...

Elle fut interrompue par des coups de marteau à l'entrée des écuries.

— Qu'est-ce qui se passe ? s'étonna Mélanie. Max fait des travaux dès le matin, maintenant ?

Comme les coups redoublaient, les trois filles se dirigèrent vers l'extérieur. Là, elles découvrirent Mme Reg et les autres élèves rassemblés devant la porte, les yeux braqués sur Max. Grimpé sur un escabeau, le directeur venait de clouer un écriteau sur lequel s'étalait en grosses lettres rouges le mot «ATTENTION». En dessous, il y avait une liste de conseils et d'avertissements que les jeunes cavaliers lisaient avec étonnement.

— Qu'est-ce que ça veut dire ? lança Desi.
— C'est une plaisanterie ? demanda Simon.
— Malheureusement non, répondit Mme Reg. Ce sont les nouvelles consignes de sécurité.

Les retardataires se bousculèrent pour s'approcher de l'écriteau.

— La première consigne est la plus importante, expliqua Max en descendant de l'escabeau. Écoutez-moi bien : aucun cheval ne doit quitter les écuries jusqu'à nouvel ordre.

Des protestations montèrent du petit groupe, et Mme Reg dut ramener le calme.

— Tant que nous ignorons de quoi souffre Belle, les chevaux du Pin Creux sont peut-être en danger de mort, continua Max.

Le dernier mot résonna plus lugubrement qu'un glas aux oreilles des élèves. Aussitôt, Steph s'écria :

– Tout ça par la faute de Diablo !

Lisa, qui avait quand même trouvé le courage de venir ce matin-là, se faisait toute petite et restait à l'écart des autres. L'accusation lui fit l'effet d'un coup d'épée dans le ventre. Elle se recroquevilla, tandis que Max poursuivait :

– L'autre consigne est la suivante : personne ne doit entrer en contact avec un cheval étranger à cette écurie. Nous sommes peut-être nous-mêmes vecteurs des germes de l'infection.

– Il est impératif de se montrer responsables, ajouta Mme Reg. La situation est inquiétante, et nous comptons sur vous ! Les autorités sanitaires sont alertées, mais en attendant vous ne pouvez pas sortir. C'est bien clair ?

Les élèves acquiescèrent et restèrent un moment, bras ballants, à commenter les nouvelles mesures.

— Si j'ai bien compris, il ne nous est pas interdit d'approcher nos propres chevaux, n'est-ce pas? demanda Veronica sur un ton agacé. Peut-on les brosser, curer leurs sabots, les shampooiner?

— Oui, bien sûr, répondit Max. Et je vous tiendrai au courant s'il y a du neuf.

Ensuite, les cavaliers se dispersèrent. Certains préférèrent rentrer chez eux, d'autres allèrent voir leurs chevaux ou se réfugièrent au club-house. Lisa n'osa même pas demander à Steph des nouvelles de Belle. À quoi bon, puisqu'elles seraient de toute évidence mauvaises?

## 12

Dans le club-house, l'ambiance était tendue. Veronica, furieuse, interpellait les uns et les autres :

— C'est vraiment un scandale ! Je paye une pension pour mon cheval, et je n'ai même pas le droit d'aller me promener dans les environs !

— Tu n'es pas plus mal traitée que nous tous, lui fit remarquer Murray.

— Et tu ne peux pas en vouloir à Max ni

à Mme Reg, ajouta Desi. Ils prennent leurs responsabilités, c'est normal.

Veronica fulminait. Elle se mit à tourner entre les chaises et les canapés, comme un lion en cage.

— J'en veux à Lisa! déclara-t-elle. Elle ramène un cheval pouilleux et malade au Pin Creux. Résultat, elle contamine Belle! Et le pire, c'est qu'elle refuse d'aider Max à retrouver son Diablo: c'est vraiment une attitude égoïste, typique de ces gamines du Club du Grand Galop!

— Tu es dure avec Lisa, lui fit remarquer Phil. Elle essaye juste de protéger un cheval qu'elle adore.

— C'est vrai, renchérit Desi. Tu ferais quoi, toi?

— Je ne peux pas me mettre à la place d'une idiote! répliqua miss Angelo d'un ton cinglant. Et ça lui fera les pieds si Diablo est abattu!

Cette phrase fit bondir Desi du canapé.

— Comment peux-tu souhaiter une chose aussi cruelle? fit-elle, sidérée.

— Je pense à Garnet, expliqua Veronica. Je ne supporterai pas qu'il tombe malade.

— Donc, tu fais tout pour le protéger, raisonna Desi. Ce qui signifie que tu réagis exactement comme Lisa.

— Bien dit ! ponctua Murray.

Se sentant attaquée de toutes parts, Veronica préféra battre en retraite. Elle quitta le club-house au moment où Simon y entrait.

— Je viens de faire une recherche hyper pointue sur internet, annonça-t-il. C'est bizarre, les symptômes de Belle ne correspondent à aucun des virus recensés par les chercheurs en biologie équine.

Il vint s'asseoir dans le canapé à côté de Desi :

— Peut-être que Diablo a attrapé une maladie inconnue, là-haut dans les montagnes ?

— Tu as peur pour Midnight ? osa lui demander Desi.

Simon prit un air songeur. Comme tout le monde au Pin Creux, il redoutait que son cheval tombe malade. Et pourtant il avait l'intuition que la brusque fièvre de Belle n'avait aucun rapport avec Diablo.

– Nous, on a trouvé une solution! lancèrent Jess et Mélanie en surgissant dans la salle, accompagnées de Problème. Regardez!

Les deux petites avaient placé un masque en papier sur le museau de leur âne. Il avait l'air si ridicule que tout le monde éclata de rire.

– C'est ça, moquez-vous! se vexa Mélanie. N'empêche que, si ce masque protège les chirurgiens et les infirmières, il protégera sûrement Problème!

– Peut-être, fit Simon, mais les médecins, eux, ne le mangent pas!

Mélanie se pencha vers l'âne et s'avisa, consternée, qu'il était en train de grignoter le papier.

– Eh bien, la consola Jess, si Problème est malade, on sait au moins qu'il n'a pas perdu son appétit!

# 13

Pour Lisa, la journée fut une des plus longues et des plus éprouvantes de sa vie. Dans son esprit, des voix contraires s'affrontaient. « Sauve Belle ! » disaient les unes. « Sauve Diablo ! » suppliaient les autres. Ce terrible dilemme la paralysait, et elle se sentait effroyablement seule.

Elle erra autour du Pin Creux comme une âme en peine, jusqu'à ce que le soleil se couche. Lorsqu'il passa derrière la colline, elle aperçut Steph qui se faufilait dans les écuries, munie d'une lampe-tempête et d'une couverture. Sans doute la jeune fille avait-elle décidé de demeurer toute la nuit près de sa jument...

« Steph est seule, elle aussi, songea Lisa. Elle est vraiment courageuse. »

Elle se demanda si, à la place de son amie, elle accepterait d'accompagner son cheval vers la mort. Elle ne trouva pas de réponse à cette question, mais prit tout de même une décision.

– Nous sommes toujours le Club du Grand Galop! dit-elle à voix haute. Et je vais le prouver!

Et elle courut jusque chez elle.

Profitant que ses parents n'étaient pas encore rentrés du travail, elle dévalisa le frigo. Puis elle retourna au Pin Creux, un sac à dos bien rempli sur les épaules. Elle attendit un moment, cachée derrière un buisson, et, quand elle fut certaine que les Regnery ne la surprendraient pas, elle se glissa dans les écuries.

Steph était assise dans la paille. Le halo de la lampe-tempête éclairait son visage ravagé de larmes et projetait des ombres inquiétantes sur les murs. Lisa avala sa salive, et se décida.

– Steph..., appela-t-elle timidement. C'est moi, Lisa.

Sous le regard méfiant de son amie, elle entra dans la stalle.

– Je t'ai apporté à manger, dit-elle. Il y a du cheese-cake de ma mère, celui que tu adores...

– Merci, répondit Steph en essuyant ses joues, mais... je n'ai pas vraiment faim.

Lisa hocha la tête. Elle non plus n'avait pas faim. Elle s'agenouilla près de Belle qui gisait de tout son long dans la sciure, et respirait avec peine.

– Comment va-t-elle? s'enquit Lisa.

– Je ne sais pas, avoua Steph. Elle a réussi à dormir un peu, mais elle a du mal à respirer. Je n'arrête pas de toucher ses naseaux pour vérifier s'ils sont toujours chauds.

– Je suis désolée…, murmura Lisa.

– Désolée ? réagit brutalement Steph. On ne dirait pas ! Si tu étais vraiment désolée, tu aiderais Max à retrouver Diablo !

Lisa fixa son amie droit dans les yeux, avec effroi. Elle trouvait la situation tellement injuste qu'elle avait envie de crier, mais elle se contint et expliqua calmement ce qu'elle ressentait.

– Je suis terrifiée, Steph, murmura-t-elle. Si Max le trouve, il le fera abattre, même s'il n'est pas malade : juste par sécurité ! J'en suis certaine.

– Pour le moment, une seule chose est certaine, dit Steph dans un sanglot. C'est que Belle est en train de mourir. Et sa vie est entre tes mains.

– Je sais, répondit Lisa d'une voix sombre.

Elle se leva, caressa les flancs tremblants de la jument et quitta l'écurie en laissant ses provisions à Steph. Puis elle rentra chez elle, s'enferma dans sa chambre et s'allongea sur son lit.

Lisa ne ferma pas l'œil de la nuit. Jamais elle n'avait éprouvé des sentiments aussi violents. Au matin, les traits tirés, elle se rendit dans la salle de bains pour s'asperger le visage d'eau froide. Elle contempla son reflet dans le miroir et, là, elle sut enfin où était son devoir. Si terrible que fût sa décision, elle eut l'impression qu'un énorme poids libérait sa poitrine.

Veronica était déjà dans le bureau de Max et de Mme Reg lorsque Lisa y fit irruption. La grande blonde, qui venait à l'instant de réclamer le renvoi de Lisa, sursauta et rougit. Mais Lisa ne lui jeta même pas un regard. Déterminée, elle déclara aux Regnery :

— Je suis d'accord pour vous aider à chercher Diablo.

Max et Mme Reg échangèrent un regard grave. Puis ils se tournèrent vers Lisa avec une immense bienveillance.

— Merci, Lisa, dit Mme Reg. Ton courage t'honore.

— Et maintenant j'appelle Jack, décida Max. Nous n'avons plus un instant à perdre.

# 14

Max et Jack remplirent le coffre d'un 4 x 4 avec tout le matériel nécessaire à la capture de Diablo : des cordes, des longes, des harnais. Au cas où la traque durerait plus longtemps que prévu, ils ajoutèrent deux jerricanes d'essence, des couvertures, des bouteilles d'eau et des rations de survie. Car, même en cette saison, les nuits pouvaient être froides en altitude, et la prudence était de mise.

— Partez vers Sweet Water, recommanda Max à Jack. Moi, je ferai une boucle vers le sud avant de vous rejoindre, c'est compris ? Ainsi, nous balayerons une bonne partie des environs.

— Tout ira bien, Max, le rassura le jeune soigneur. Et puis... j'ai Lisa avec moi.

Les deux hommes se tournèrent vers l'entrée du club-house. Lisa venait d'apparaître sur le seuil, munie de son sac à dos, prête à les rejoindre.

— Écoute-moi, Jack, ajouta précipitamment Max, si tu trouves Diablo... Je ne veux pas que tu le ramènes ici.

— Je comprends, répondit le soigneur. S'il contamine d'autres chevaux, vous n'aurez plus qu'à fermer le Pin Creux.

— Exact. Donc, même si c'est dur pour Lisa, je te demande de faire le nécessaire sur place. Compris ?

Le soigneur hocha la tête d'un air entendu et souleva les couvertures rangées dans le coffre : caché dessous, il y avait un fusil de chasse. Il les replaça bien vite à l'approche de Lisa.

– Tu es prête ? lui demanda-t-il.

– Prête, répondit Lisa d'une voix lugubre.

À cet instant, Steph et Carole jaillirent des écuries.

– Attends ! cria Steph.

Elle se précipita vers Lisa, suivie de Carole, et les trois amies se serrèrent dans les bras avec émotion. Elles ne trouvèrent pas de mots pour dire ce qu'elles ressentaient, et c'est la gorge nouée que Carole et Steph regardèrent leur amie monter à l'avant de la voiture.

Steph croisa les doigts. Toute la nuit, elle avait veillé sur sa jument, et son état semblait se dégrader. Pour la sauver, il faudrait un miracle...

Jack s'enfonça à travers bois en empruntant un chemin forestier assez large qui filait droit vers Sweet Water.

– Max pense que nous avons des chances de trouver des chevaux sauvages par là-bas, expliqua-t-il à Lisa.

Cette dernière, rencognée contre la portière, se laissait secouer par les cahots de la route. Elle ne répondit pas immédiatement. Puis, comme Jack poursuivait sa route en accélérant un peu, elle sembla sortir de sa léthargie et déclara :

— Inutile de chercher vers Sweet Water. Diablo n'y sera pas.

— Comment peux-tu en être si sûre ?

— Je le sais. Il aime aller brouter sur le plateau.

Jack ralentit et, lorsqu'il parvint à un croisement, il consulta Lisa du regard :

— Tu sais, si j'étais à ta place, je m'arrangerais pour indiquer la mauvaise direction. Après tout, personne ne pourrait me contredire...

Lisa haussa les épaules et secoua la tête. Les insinuations de Jack lui paraissaient déplacées. N'avait-elle pas pris sa décision ?

— Fais-moi confiance, répondit-elle avec calme. Si je te dis que Diablo préfère aller sur le plateau, c'est la vérité. Tourne vers l'est. Il a toujours aimé les coins ensoleillés.

Jack poussa un soupir, se demandant s'il devait d'abord avertir Max de ce changement de programme. Finalement, il décida de suivre les conseils de Lisa et braqua le volant. Le 4 x 4 passa dans des ornières creusées par la pluie, franchit une grande flaque, avant de s'éloigner du chemin forestier.

Ils roulèrent un long moment entre les fougères géantes, et Lisa ferma les yeux. Elle se concentrait sur ses sensations, tous ses sens mobilisés pour capter la présence de Diablo. C'était inexplicable, mais c'était comme ça : elle était connectée à lui.

– Il est tout proche! s'exclama-t-elle soudain.

Surpris, Jack fit un écart :

– Tu en es sûre?

– Oui, je le sens, répondit Lisa sans hésiter.

Elle se rembrunit soudain et ajouta, un sanglot dans la voix :

– Ceux qui vous aiment le plus sont aussi ceux qui vous font le plus de mal...

– Arrête de culpabiliser, lui conseilla Jack en essayant de la rassurer. Tu fais ce que tu dois faire, Lisa. Et tu as les meilleures raisons du monde pour cela, n'est-ce pas ?

Jack remarqua les larmes qui coulaient sur les joues de la jeune fille. Ému, il se pencha vers elle pour lui serrer l'épaule en gage d'amitié. Soudain, un troupeau de chevaux sauvages surgit en travers du chemin.

— Attention ! hurla Lisa.

Les chevaux étaient lancés au galop. Le temps que Jack réagisse, ils coupèrent littéralement la route du 4 x 4. Jack donna un violent coup de volant, et la voiture entra de plein fouet dans l'énorme tronc d'un chêne. Le fracas fut suivi d'un nuage de fumée blanche, et le silence tomba sur la forêt.

## 15

Lisa reprit conscience au bout de quelques instants. À côté d'elle, Jack s'était évanoui, le front sur le volant. Le choc avait complètement enfoncé l'avant du 4 x 4, et le troupeau de chevaux s'était volatilisé. Lisa sentit son cœur se décrocher de sa poitrine. Elle appela :

— Jack !

Le jeune soigneur bougea, toussa et ouvrit les yeux.

— Rien de cassé ? s'inquiéta Lisa.

— Je... je ne sais pas, bredouilla Jack. J'ai mal aux... jambes.

La jeune fille détacha sa ceinture de sécurité et se pencha vers le conducteur. Il avait les jambes comprimées entre le siège et le tableau de bord : impossible de le sortir de là sans aide ! Prise d'un haut-le-cœur, Lisa ouvrit sa portière et sortit de l'habitacle. Elle réussit à reprendre son souffle, le malaise s'estompa, et elle réalisa avec soulagement qu'elle n'était pas blessée.

— Appelle Max ! Vite ! la supplia Jack.

— Oui, tout de suite ! s'écria Lisa.

Elle fouilla sous son siège pour récupérer son sac à dos. Le temps qu'elle relève la tête vers Jack, celui-ci s'était de nouveau évanoui...

— Oh, non..., fit Lisa lorsqu'elle réussit à mettre la main sur son téléphone portable.

Dans l'accident, l'appareil avait reçu un choc. L'écran était fendu, les circuits endommagés : il était totalement hors d'usage. Et, pour couronner le tout, Max était persuadé

que le 4 x 4 était en route pour Sweet Water !
Lisa sentit les larmes lui monter aux yeux.

— Qu'est-ce que je dois faire ? se lamenta-t-elle, cédant à la panique.

À ce moment-là, elle eut l'étrange impression de ne pas être seule au milieu des bois, comme si quelqu'un l'épiait. Elle se retourna. Autour d'elle, il n'y avait que des arbres et des fougères géantes, à perte de vue. Tout paraissait figé, immobile, si bien qu'elle eut le sentiment pénible d'être prisonnière d'un cauchemar.

— Je deviens folle, songea-t-elle.

— Lisa..., appela Jack en reprenant conscience, j'ai soif...

La jeune fille remonta dans la voiture, enjamba le siège et fouilla dans le coffre. Au milieu des harnais et des jerricanes, elle trouva une bouteille d'eau, qu'elle se dépêcha de tendre à Jack. Mais celui-ci était trop faible pour s'en saisir. Alors, elle l'aida à absorber une ou deux gorgées, avant de lui expliquer dans quel pétrin ils s'étaient mis.

— Dis-moi ce que je dois faire, l'implora Lisa. Partir à pied vers le Pin Creux ?

— Surtout pas, répondit le soigneur. Nous sommes trop loin, maintenant. Tu pourrais te perdre… Et, si tu te fais surprendre par la nuit, tu risques de mourir de froid.

— Alors quoi ? le pressa-t-elle. Je ne peux pas rester sans rien faire !

— Il faut que je… il faut que je dorme un peu, articula Jack.

Sa tête roula sur son épaule, et, sous les yeux terrifiés de Lisa, il tomba de nouveau dans les pommes. La jeune fille n'osa pas le secouer, de peur d'aggraver ses blessures. Elle sortit de la voiture et tenta de rassembler ses esprits.

Alors qu'elle réfléchissait, elle entendit clairement des pas… Son sang se figea dans ses veines. Et, au moment où elle allait pousser un cri, un hennissement fougueux rompit le silence de la forêt. Soudain, Diablo surgit majestueusement au milieu du chemin.

— Oh, mon beau ! s'écria Lisa avec une joie immense.

Elle s'approcha de lui, émue, et posa la main sur son chanfrein :

— Tu es venue nous sauver, n'est-ce pas ?

Le cheval s'ébroua, souffla par les naseaux.

— C'est trop dangereux pour toi ! s'écria Lisa. Tu n'aurais pas dû... Je ne te veux aucun mal, tu sais ?

Comme en réponse, Diablo plia ses antérieurs. Dans cette posture, marquant son allégeance, il lui faisait comprendre à sa façon qu'il était prêt à se sacrifier pour elle. Submergée par l'émotion, Lisa fondit en pleurs.

— J'ai compris, sanglota-t-elle. Ne bouge pas, j'arrive...

Elle retourna vers la voiture en courant, vérifia si Jack dormait toujours, puis grimpa dans le coffre. Là, elle saisit un filet et des rênes. Quelles que soient les conséquences de son acte, Lisa n'avait plus le choix. Désormais, il s'agissait non seulement de sauver Belle, mais aussi de sauver Jack.

Lorsqu'elle revint près de Diablo, il était

couché au milieu du chemin. Docile, l'étalon sauvage attendait que son amie monte sur son dos. Dans un brouillard de larmes, elle le harnacha et prit place, puis elle lui donna l'ordre de se redresser et de partir au galop.

# 16

Steph était revenue s'asseoir près de Belle. La jument haletait et semblait avoir très mal. Sa jeune cavalière consultait sa montre toutes les cinq minutes, priant de toutes ses forces pour que Lisa et Jack reviennent bientôt. Car désormais, chaque minute comptait...

Elle sursauta en entendant la voix perçante de Veronica, depuis la sellerie :

– Sans me vanter, heureusement que je suis intervenue auprès de Max et de Mme

Reg! Si je n'avais pas menacé d'appeler mes avocats, Lisa serait encore en train de tergiverser, à cette heure-ci!

Steph tendit l'oreille, ahurie par l'audace de miss Angelo. Heureusement, Desi lui répondit:

— Tu sais, je ne crois pas que Lisa ait pris sa décision sous la menace de tes avocats... Elle a surtout pensé au bien des chevaux.

— Peut-être, fit Veronica, piquée. Il n'empêche qu'elle est devenue raisonnable, et ce n'est pas trop tôt! À cause d'elle, nous sommes tous coincés ici sans pouvoir monter, c'est tout de même agaçant!

— Eh bien, moi, je ne suis pas agacée, rétorqua Desi. J'admire le courage de Lisa. À sa place, je ne sais pas si j'aurais réagi aussi vite qu'elle!

— Tu parles! Ce Diablo n'est qu'un cheval sauvage abandonné par des Gitans!

— Et alors? répliqua Desi. Tu n'arrives pas à comprendre qu'elle l'aime autant que tu aimes Garnet? Parfois, je me demande si tu as un cœur, Veronica!

— Bien sûr que j'ai un cœur ! se rebiffa la grande blonde.

— Alors, arrête de critiquer Lisa, rends-toi utile et viens m'aider à ranger la sellerie !

La conversation prit fin, et Steph sentit sa gorge se nouer. Ce que Desi venait de dire exprimait précisément ce qu'elle pensait : Lisa était une fille formidable. Elle se fit la promesse, quelle que soit l'issue du drame, de se montrer à la hauteur de son amitié.

Pendant ce temps, un peu désœuvrées, Jess et Mélanie avaient décidé de chouchouter Problème. Elles avaient sorti les étrilles, les bouchons, les brosses, les chiffons, les peignes et les éponges. Avec tout ça, elles espéraient bien rendre le poil de leur ânon au moins aussi brillant que celui de Garnet !

— Il adore qu'on s'occupe de lui, pas vrai ? sourit Mélanie en démêlant sa crinière.

— On pourrait l'inscrire à un concours de beauté ! proposa Jess. Qu'est-ce que tu en penses ?

— Bonne idée ! Je suis sûre que Problème pourrait remporter le premier prix !

— Et nous, on gagnerait de l'argent! renchérit Jess, les yeux brillants.

Mélanie recula d'un pas pour contempler leur âne, en fronçant les sourcils comme un peintre devant sa toile.

— Hum, fit-elle. C'est encore trop terne…

— Tu as raison, soupira Jess. Comment gagner le concours, alors?

— Je sais! s'emballa Mélanie. Si on allait emprunter discrètement le shampooing magique de Veronica?

Jess se mordit la lèvre, puis elle sourit:

— Qui le saura?

Les deux amies posèrent étrilles et bouchons, et se faufilèrent vers les écuries. Elles repérèrent Veronica et Desi occupées dans la sellerie, et traversèrent les stalles à pas de loup, jusqu'à celle de Garnet. De là, elles entendirent soudain des cris à l'extérieur: c'était Lisa qui appelait à l'aide! D'un seul coup, tous les cavaliers présents se précipitèrent dehors pour voir ce qui se passait.

— Quelle aubaine! fit Mélanie. La voie est libre!

# 17

Lisa avait parcouru plusieurs kilomètres à bride abattue. Lorsqu'elle arriva au Pin Creux, la robe de Diablo était trempée de sueur. Échevelée, le cœur battant à tout rompre, elle appela à la rescousse.

Max et Mme Reg accoururent, suivis de Steph, Carole, Veronica, Desi et des garçons. Le directeur venait justement de revenir au centre, inquiet de ne pas avoir trouvé le 4 x 4 à Sweet Water. Quand Lisa lui eut expliqué l'accident, il pâlit :

– Comment va Jack ?

– Il est évanoui ! s'écria Lisa, complètement essoufflée. Ses jambes sont coincées !

– Où est la voiture ? demanda le directeur.

– Sur la piste qui mène au plateau ! expliqua Lisa. À peu près à mi-chemin !

– J'appelle les secours ! décida Mme Reg en attrapant son téléphone.

– Et moi, je vais rejoindre Jack avec la trousse de secours ! annonça Max en détalant vers sa voiture.

Lisa mit pied à terre et, lorsqu'elle toucha le sol, ses jambes se dérobèrent sous elle. Steph et Carole se précipitèrent pour la soutenir : la pauvre était au bord de l'épuisement.

– Oh, Lisa ! fit Steph en la serrant très fort. Je te demande pardon de t'avoir mal parlé ces derniers jours ! Tu es la plus courageuse de toutes les filles que je connais !

Lisa se mit à rire et à pleurer en même temps.

– C'est Diablo qui nous a sauvés, bredouilla-t-elle entre deux hoquets. Sans lui, je ne sais pas ce que j'aurais fait !

– Les secours sont alertés, annonça Mme Reg. Ils seront sur place très vite, ne t'inquiète pas.

La directrice passa une main autour des épaules de Lisa et la fixa droit dans les yeux :

– Ce que tu viens d'accomplir mérite toute notre admiration. Mais maintenant il te faut encore du courage. Je viens d'appeler le vétérinaire. Il sera ici dans un instant pour effectuer la prise de sang.

Chancelante, Lisa se dégagea de son étreinte et s'accrocha à l'encolure de Diablo.

– Je te demande pardon, lui dit-elle. Quoi qu'il arrive, sache que je ne t'oublierai jamais !

Steph s'approcha à son tour de l'étalon.

– Diablo…, murmura-t-elle. Merci. Merci pour Belle !

Pendant ce temps, Max conduisait à toute allure sur le chemin forestier, en suivant la piste indiquée par Lisa. Soudain, il vit des ornières fraîches juste devant ses roues. De toute évidence, elles avaient été creusées par les pneus d'un 4 x 4. Max pila et descendit de sa voiture. Il saisit la trousse de secours et se fraya un chemin à travers les broussailles : le 4 x 4 de Jack était là, encastré dans le tronc d'un chêne.

— Jack ! appela-t-il. Hé, mon vieux ! C'est moi !

Il ouvrit la portière et découvrit le soigneur, inanimé sur son siège. Il rampa jusqu'à lui et posa une main sur son front tuméfié. Ce simple contact suffit : au grand soulagement de Max, Jack ouvrit les yeux.

Avec un sourire hésitant, le jeune soigneur grommela :

— Eh bien... tu en as mis, du temps ! Je t'ai connu plus rapide, Max...

Ce dernier éclata d'un rire nerveux. Si Jack arrivait encore à râler, c'est qu'il n'était pas près de mourir ! Il ouvrit néanmoins la trousse et sortit le flacon de désinfectant. À l'aide d'une compresse, il tamponna la plaie que Jack avait au front.

— Les secours vont arriver d'un instant à l'autre, lui annonça-t-il. Tu vas survivre, crois-moi !

— Qu'est-ce qui s'est passé? demanda Jack en grimaçant à cause du désinfectant. J'ai peut-être eu des hallucinations, tu sais: j'ai cru voir Diablo!

— Ce n'était pas une hallucination! sourit Max. Tu l'as vu! Comment crois-tu que je t'ai retrouvé?

— Lisa a pu le monter?

— Exact, mon vieux!

Jack réussit à siffler entre ses dents, admiratif.

— Cette fille est bien plus forte qu'elle n'en a l'air, ajouta Max avec conviction.

— Et le cheval? s'enquit Jack.

Max s'assombrit. Il poussa un soupir et secoua la tête en disant:

— Le vétérinaire va pratiquer les examens, mais... je ne suis pas très optimiste sur son sort.

— Je comprends, murmura Jack. Pauvre Lisa...

## 18

Après le départ du vétérinaire, Lisa retourna voir Diablo dans le paddock. Elle le regarda trotter tout autour, avec sa longue crinière qui voletait le long de son encolure au port altier. Peut-être était-il en train de vivre ses derniers instants, et il ne s'en doutait pas... Parviendrait-elle à se pardonner un jour d'avoir scellé son destin ?

— Demain matin, je serai là quand les résultats tomberont, lui promit-elle. Je t'accompagnerai jusqu'au bout, je te le promets.

Le cœur lourd, elle rentra chez elle.

Cette nuit-là, pas plus que la nuit précédente, elle ne trouva le sommeil. Aussi, lorsqu'elle aperçut les premiers éclats du soleil blanchir l'horizon, elle se prépara en silence, puis retourna au centre équestre à travers les rues vides de Morning Side.

Au Pin Creux, personne n'était encore levé. Elle alla s'asseoir sur la barrière du paddock et attendit que Diablo vienne vers elle. Elle resta à ses côtés, lui prodiguant mille caresses, jusqu'à ce que l'agitation habituelle reprenne au centre.

C'est Mme Reg qui vint la voir. Elle venait de recevoir les résultats des analyses de sang par e-mail, et elle tenait à les annoncer elle-même à Lisa.

— Ça va ? lui demanda-t-elle en s'approchant de la barrière.

Lisa hocha la tête, mais elle sentit les battements de son cœur s'affoler.

— Alors ? demanda-t-elle.

— J'ai des nouvelles, répondit Mme Reg.

– Et ?

Le visage de la directrice s'illumina :

– Ce sont de bonnes nouvelles, Lisa ! Diablo n'est porteur d'aucun virus !

– C'est vrai ? fit la jeune fille, estomaquée.

– Oui ! répondit Mme Reg. Il n'a rien ! Il n'est pas responsable de la maladie de Belle !

Lisa sauta de la barrière et se jeta au cou de la directrice. Sa joie était si grande qu'elle aurait pu se mettre à gambader comme une folle dans tout le Pin Creux. Mais soudain elle se rendit compte que cette joie ne pouvait pas être partagée par tout le monde, et elle se rembrunit :

– Et Belle, alors ? On sait ce qu'elle a ?

– Non, pas encore, avoua Mme Reg. Mais des analyses plus précises ont montré qu'elle n'est pas victime d'un virus. En fait… elle a été empoisonnée.

– Empoisonnée ? s'étonna Lisa. Mais par quoi ?

– C'est bien la question, reconnut Mme Reg. Le vétérinaire ne va pas tarder à arriver pour mener l'enquête. J'ai convoqué tous les élèves pour tirer cette histoire au clair.

– Je vous rejoins, affirma Lisa. Mais d'abord je veux serrer Diablo dans mes bras !

Elle courut jusqu'au paddock, y entra et s'approcha de l'étalon. Dans la lumière de ce matin tout neuf, il lui paraissait encore plus magnifique que la veille.

– Tu te rends compte ? lui dit-elle en flattant son encolure. Tu es en parfaite santé ! Tu vas vivre, mon beau ! Je suis sûre que Raffael, où qu'il soit, sait que tu vas bien. Je le sens.

Elle resta serrée contre les flancs frémissants de l'animal, puis elle décida d'aller rejoindre les autres. Maintenant, il fallait percer le mystère de l'empoisonnement de Belle. Et de toute urgence !

Les élèves du Pin Creux étaient rassemblés, au grand complet, dans les écuries. Max et Mme Reg encadraient le vétérinaire. Seul Jack manquait à l'appel : il avait été admis à l'hôpital, avec une sérieuse fracture de la jambe, heureusement sans gravité.

– Je vous remercie d'être tous là, commença le vétérinaire. Pour pouvoir soigner Belle, je dois savoir ce qu'elle a pu avaler avant de tomber malade.

Il se tourna vers Steph :

– As-tu ajouté quelque chose dans sa nourriture ?

La jeune fille réfléchit et secoua la tête :

– Non, elle a mangé exactement la même chose que d'habitude : des graines et le barbotage de Jack.

Le vétérinaire examina attentivement la configuration des écuries, depuis la sellerie jusqu'aux boxes, en passant par le réduit où étaient stockées les provisions.

– Quelqu'un aurait-il pu oublier un produit chimique quelconque près de sa stalle ? Du fertilisant, par exemple ?

Chacun tenta de remonter dans ses souvenirs, mais pour finir Steph répondit qu'elle veillait toujours avec beaucoup d'attention à ne rien laisser traîner, sachant à quel point l'estomac des chevaux est fragile.

— Et si elle avait léché une barrière ? suggéra Max. Il reste peut-être de la peinture au plomb quelque part ? Et ça, c'est très toxique…

— Les analyses ne montrent aucune trace de plomb, répondit le vétérinaire. Il s'agirait plutôt d'un produit chimique… comme du dissolvant.

— Mais pourquoi elle aurait mangé ça ? intervint Carole.

— Je l'ignore, avoua le vétérinaire. Pour l'instant, je continue de penser que c'est un empoisonnement accidentel.

À peine avait-il prononcé ces mots que Jess et Mélanie accoururent en criant dans les écuries. Elles traînaient Problème par son licol, et elles étaient bouleversées.

— Hé ! Que se passe-t-il ? leur demanda Mme Reg.

— C'est terrible ! s'exclama Jess. Notre âne !

— Il a attrapé le virus de Belle ! compléta Mélanie, catastrophée.

## 19

Le vétérinaire s'approcha de l'animal et commença à l'examiner, tout en questionnant les deux petites.

— Il refuse de manger quoi que ce soit depuis ce matin, se plaignit Mélanie. Ce n'est pas normal !

— Et regardez comme il est faible ! ajouta Jess, désespérée. Il tient à peine sur ses pattes !

Le vétérinaire caressa le museau de

Problème et colla l'oreille contre son flanc pour écouter les battements de son cœur. Il grimaça, et se redressa aussitôt.

— Pouvez-vous m'expliquer pourquoi cet âne sent la pomme? demanda-t-il, perplexe.

Jess et Mélanie rougirent et échangèrent un regard embarrassé, avant de se tourner vers Veronica. En entendant le mot «pomme», celle-ci avait bondi.

— On est désolées! gémit Mélanie. On voulait juste que le poil de Problème soit aussi joli que celui de Garnet...

— On voulait l'inscrire à un concours de beauté, se justifia piteusement Jess.

— Je te jure qu'on n'a pris que quelques gouttes de ton produit! ajouta Mélanie. Pardon, Veronica...

Les sourcils froncés, le vétérinaire les interrompit:

— Vous vous excuserez plus tard! De quel produit parlez-vous?

— C'est un gel pour les cheveux que mon père m'a rapporté de Paris, l'informa Veronica. Les plus grands mannequins du monde l'utilisent. J'en ai mis sur Garnet, mais je leur avais interdit de…

— Regardez ! intervint soudain Mme Reg en désignant Problème. Il se lèche ! Si ça se trouve, c'est ce produit qui est toxique !

Elle claqua aussitôt dans ses doigts en s'adressant à Jess et Mélanie :

— Allez vite nettoyer Problème au jet d'eau, les filles ! Qu'il n'en reste plus une trace, c'est compris ?

Les deux petites obéirent sans broncher, et tirèrent leur âne vers l'extérieur.

— On a peut-être une piste, admit Steph. Mais moi, je n'ai pas appliqué ce produit sur Belle…

— Allons faire une inspection des lieux, proposa le vétérinaire.

Il s'avança vers le fond des écuries, talonné par le reste de la troupe, et entra dans la stalle. Là, il s'accroupit pour examiner la sciure sur le sol. Du bout des doigts, il ratissa méticuleusement l'espace où Belle était susceptible de brouter.

— Il y a des traces de ce gel, annonça-t-il. Belle a dû en avaler sans le vouloir.

— Mais comment c'est arrivé là ? demanda Steph.

— Quelqu'un a dû en renverser, supposa le vétérinaire.

— La preuve ! fit soudain Carole en posant sa main sur le montant du vantail.

Une longue coulure poisseuse avait souillé le bois. Elle la toucha, puis renifla ses doigts.

— Ça sent la pomme ! déclara-t-elle.

Tous les regards convergèrent vers Veronica, dont le visage était soudain devenu très pâle.

— Mais, enfin, je... je suis désolée, bredouilla-t-elle. Je... j'ignorais que c'était un poison ! Mon père m'a garanti que c'était un gel bio !

— Mais avec onze ingrédients secrets..., lui rappela Simon. Et ceux-là, ils ne sont sûrement pas bio...

Le vétérinaire confisqua le pot de shampooing et déclara qu'il l'emportait immédiatement pour l'analyser au laboratoire. Dès que les ingrédients secrets seraient identifiés, il saurait quel antidote administrer à Belle.

– Alors, elle est sauvée ? voulut savoir Steph.

– Elle a ses chances ! répondit le vétérinaire avec un sourire.

Sur ce, il promit de donner des nouvelles au plus vite.

Lisa s'approcha de Steph et la serra dans ses bras.

– Je suis certaine que tout va s'arranger, lui murmura-t-elle. Bientôt, Belle sera sur ses quatre jambes !

– Merci, lui souffla Steph. Et je te demande encore pardon. Tout ça n'était pas la faute de Diablo, ni la tienne... C'était la faute de...

– Ça va ! la coupa Veronica avec humeur. Je ne pouvais pas deviner que Belle mangerait mon shampooing. Et d'ailleurs, si Jack avait nettoyé correctement sa stalle, rien de tout cela ne serait arrivé !

— Veronica ! se fâcha Mme Reg. Comment peux-tu dire une chose pareille, alors que Jack est à l'hôpital ?

La grande blonde haussa les épaules, et Max poussa un soupir de lassitude. Entre les empoisonnements, l'accident de voiture, la jambe cassée de Jack et les examens ratés, il avait eu son compte d'ennuis. Il était grand temps que les choses rentrent dans l'ordre !

# 20

Le soir même, le vétérinaire revint avec l'antidote. Il fit une première piqûre à Belle, et une autre à Problème. Puis, chaque soir de la semaine suivante, il fit halte au Pin Creux pour surveiller l'évolution de ses deux patients.

Enfin, le samedi matin, quand Steph entra dans la stalle de sa jument, elle poussa un cri de joie :

– Tu es debout! Ça alors! Belle est debout! Venez voir!

Carole et Lisa la rejoignirent aussitôt.

Elles trouvèrent leur amie suspendue à l'encolure de Belle, radieuse.

– Elle a l'air complètement remise ! s'extasia Carole. C'est génial !

– On dirait même qu'elle est encore plus en forme qu'avant ! ajouta Lisa.

Les trois amies se réunirent autour de la jument. Elles ne savaient plus quoi se dire tant elles étaient émues. Au cours des évènements récents, leur amitié avait été mise à rude épreuve. Mais, tout comme Belle, elle en sortait renforcée, plus vaillante que jamais.

– Et pour Diablo ? demanda Steph à Lisa. Tu as pris ta décision ?

– Oui, souffla celle-ci. J'ai bien réfléchi : il n'est pas fait pour rester au Pin Creux.

– Tu vas lui rendre sa liberté, alors ? insista Carole.

– C'est ce que je comptais faire ce matin… Vous voulez venir avec moi ?

Steph et Carole hochèrent la tête avec gravité. Elles mesuraient à quel point cette nouvelle séparation allait chagriner leur amie, et elles voulaient être à ses côtés.

– Allons-y tout de suite, proposa Lisa.

Laissant Belle se reposer, elles quittèrent les écuries pour se diriger vers le paddock. Là, elles saluèrent Diablo qui tournait en rond, comme un lion en cage, dans la lumière du matin. Lisa prit sa respiration, ouvrit la barrière, appela l'étalon. Lorsqu'il s'approcha, elle lui passa un licol et le sortit en longe.

– Viens, mon beau, lui murmura-t-elle. Il est temps de retrouver ta liberté.

Les trois filles l'emmenèrent à pied jusqu'au sommet de la colline. C'était une belle journée qui commençait, inondée de soleil. Les champs s'étendaient à perte de vue, jusqu'aux contreforts des montagnes couvertes de forêts.

Lisa regarda l'horizon et flatta l'encolure de Diablo :

– Voilà où tu dois vivre. Tu n'es pas fait pour les enclos et les stalles, je le sais.

L'étalon fit frémir ses naseaux et colla sa tête dans le cou de la jeune fille. Elle sourit.

– Moi aussi, je t'aime, dit-elle d'une

voix étranglée. C'est pour ça que je te laisse repartir, même si tu vas me manquer.

Elle se dressa sur la pointe des pieds, et lui ôta le licol.

– Et maintenant, va ! s'écria-t-elle.

Dans un hennissement, Diablo se cabra une dernière fois, puis partit au galop, droit devant lui. Steph et Carole rejoignirent Lisa, et, ensemble, elles le regardèrent s'éloigner vers les bois.

– Tu as fait ce que tu devais, murmura Steph à Lisa. C'est bien comme ça.

– Diablo appartenait à Raffael, ajouta Carole. Il est aussi libre que lui.

– Oui, admit Lisa. Beau et libre, c'est vrai... Merci, les filles.

Pensives, elles retournèrent en silence vers le Pin Creux.

Mais, lorsqu'elles entrèrent dans les écuries, elles entendirent des sanglots et se figèrent, l'oreille aux aguets.

– On dirait que ça vient de la stalle de Belle, chuchota Steph.

Sur la pointe des pieds, elles s'avancèrent. Et le tableau qu'elles découvrirent les cloua littéralement sur place : le nez dans la crinière de Belle, Veronica Angelo pleurait comme une Madeleine !

— Pardon, pardon…, hoquetait la grande blonde. Je ne te voulais aucun mal… Je suis si contente de voir que tu es guérie !

Steph, Lisa et Carole échangèrent des regards perplexes. Jamais elles n'auraient cru Veronica capable de verser la moindre larme ! Alors, discrètement, elles rebroussèrent chemin et la laissèrent seule.

— Ça alors…, fit Lisa une fois dehors. Je n'en reviens pas !

— Nous avons enfin la preuve que cette peste possède un cœur ! se réjouit Steph.

— Ce sera notre secret, d'accord ? ajouta Carole avec un clin d'œil.

— Et si nous allions au *Jb's* pour célébrer toutes ces excellentes nouvelles ? proposa Steph.

— D'accord ! s'exclama Lisa. Et d'ailleurs, vous connaissez la dernière ? Il paraît que Jack a été embauché par le patron ! Tant que sa jambe est dans le plâtre, c'est lui qui fait les boules de glace…

— Vous croyez qu'on pourrait en obtenir une ou deux gratuitement ? demanda Steph, les yeux brillants.

— Au fait, j'ai une autre bonne nouvelle, ajouta Carole sur le chemin. J'ai vu Mme Reg ce matin, et elle m'a annoncé que nous pourrons repasser nos examens la semaine prochaine !

Lisa fronça le nez :

— Pff! Tu trouves vraiment que c'est une bonne nouvelle, toi ?

Carole et Steph éclatèrent de rire en voyant sa tête. Malgré toutes ces émotions, Lisa n'avait pas changé d'avis sur les évaluations théoriques d'équitation. Elle n'avait aucune envie de s'y remettre, et ses amies devraient encore la motiver pour l'obliger à réviser… Pas de doute : les choses étaient vraiment rentrées dans l'ordre !

**FIN**

# EXTRAIT

Retrouve vite
le Club du

dans le N° 693
# RIEN N'ARRÊTE LE CLUB !

# EXTRAIT

Ce samedi-là, Carole se réveilla à l'aube, en sursaut. Elle avait le souffle court, comme après un cauchemar. Elle resta immobile un moment, les yeux au plafond, cherchant désespérément à retrouver son calme. Mais elle avait un poids en travers de la poitrine, un poids qui refusait de partir.

Elle se leva et ouvrit la fenêtre de la chambre qu'elle occupait au dernier étage de la maison des Regnery. L'air était doux, chargé de parfums fleuris, et dans les branches d'un chêne les oiseaux lançaient des pépiements joyeux. Cette journée de juin s'annonçait légère. Pourtant, la jeune fille se sentait triste et abattue.

Cela faisait des mois qu'elle n'avait pas vu son père, le colonel Hanson. De son poste en

## EXTRAIT

Afghanistan, il lui écrivait au moins une lettre par semaine, d'ailleurs, elle en avait reçu une la vieille… mais ses mots ne suffisaient pas à combler son absence.

Carole poussa un soupir et referma la fenêtre. Elle tourna en rond dans sa chambre, hésitant à se recoucher. De quoi avait-elle envie ? De quoi avait-elle besoin ? Elle s'arrêta face au miroir accroché à la porte de son armoire, et vit le reflet de son regard tourmenté :

– Maman…, murmura-t-elle.

Sa gorge se noua, et les larmes lui brouillèrent aussitôt la vue.

– Non, non, se gronda-t-elle en secouant la tête.

Depuis la mort de sa mère, Carole connaissait bien ces affreux coups de cafard qui la terrassaient sans prévenir. Dans ces cas-là, elle avait l'impression de se noyer. Son seul recours était Starlight.

Elle prononça le nom de son cheval à voix haute, puis elle enfila ses bottes et sortit de sa

## EXTRAIT

chambre. Elle dévala l'escalier, traversa le salon, puis quitta la maison sans même prendre de petit déjeuner. Lorsqu'elle arriva aux écuries, elle tomba sur Jack, le soigneur.

– Hé, Carole ! lui lança-t-il en riant. Tu es tombée du lit, ce matin ?

En découvrant son visage tiré, il comprit que quelque chose clochait. Il s'avança vers elle pour poser une main amicale sur son épaule.

– Tu veux de l'aide pour seller Starlight ? lui demanda-t-il avec douceur.

Incapable de prononcer un mot, Carole lui fit signe que oui.

Jack l'accompagna jusqu'au box et, tandis que la jeune fille se blottissait contre le poitrail de l'animal, il le bouchonna en silence, installa le tapis, sangla la selle et régla les étrivières.

– Voilà ! dit-il enfin. Ton cheval est prêt.

Carole alla chercher sa bombe. Quand elle revint, Jack l'attendait devant la porte avec Starlight.

– Évite de le faire galoper ce matin, lui

## EXTRAIT

recommanda-t-il. Le terrain est trop sec.

— Je veux juste faire un petit tour tranquillement, le rassura Carole d'une voix sourde.

Elle glissa un pied à l'étrier et, au moment où elle se mettait en selle, Lisa et Steph surgirent du club-house.

— Carole ! appela Steph. T'étais où ? On t'attendait pour le petit déj' !

— Tu pars le ventre vide ? s'étonna Lisa. Attends-nous ! On vient avec toi !

Juchée sur son cheval, Carole regarda ses deux meilleures amies qui accouraient vers elle. D'habitude, rien ne lui faisait plus plaisir que de les voir, mais pas ce matin-là. Elle baissa les yeux.

— Je préfère rester seule, leur avoua-t-elle. J'ai besoin de réfléchir…

Stoppées dans leur élan, Steph et Lisa la dévisagèrent en fronçant les sourcils.

— Ne m'en voulez pas, supplia Carole. J'ai un coup de cafard. Il faut que ça passe…

— Je comprends, murmura Lisa.

## EXTRAIT

– Mais tu es sûre que ça ira ? fit Steph, inquiète.

– Ne vous en faites pas pour moi, les filles. J'ai l'habitude…

Carole talonna Starlight, qui avança au pas dans l'allée. Jack, Steph et Lisa les suivirent lentement sur quelques pas, comme en procession.

À suivre dans le Grand Galop n° 693…

## Dans la même collection :

**687.** Chaos au Pin Creux
**688.** Trompeuses apparences
**689.** Une duchesse au Pin creux
**690.** Le Club passe à l'action
**691.** Le Club mène l'enquête
**692.** Le retour de Diablo
**693.** Rien n'arrête le Club !

# Grand Galop

## Retrouve les héroïnes de Grand Galop dans de grandes aventures en DVD !

### ❖ Collectionne les FILMS de tes héroïnes préférées ! ❖

❖ Déjà disponibles ❖         ❖ Août 2012 ❖

### Déjà disponibles les DVD des 3 saisons de ta SERIE favorite...

❖ Saison 1        ❖ Saison 2        ❖ Saison 3        ❖ Coffret intégrale de la série

GRANDES AVENTURES

TF1 VIDEO

## Tu es passionnée de cheval et de la série Grand Galop ?

# Tu vas adorer le magazine

## Au sommaire

- Ta BD *Grand Galop* exclusive
- Tous les secrets de ta série préférée
- Des infos et des conseils pour vivre ta passion des chevaux
- Des cadeaux : posters collectors, cartes postales, fiches...
- Des jeux inédits

**Tous les deux mois chez ton marchand de journaux**

**+ un CADEAU EXCLUSIF Grand Galop**

*Impression réalisée par*

*La Flèche*

*pour le compte des Éditions Bayard
en novembre 2012*

*Imprimé en France*
N° d'impression : 71215